Chinz

Das Buch der Unruhe des Hilfsmelancholikers Leon Sersoa

Neben dem Bierglas verschüttete Sätze

AF199204

Buch

Eine von Fernando Pessoas „Das Buch der Unruhe des Hilfsbuchhalters Bernardo Soares" inspirierte, leidlich sortierte Sammlung von kurzen Texten, die ich während des hochkonzentrierten Trinkens und Starrens in diversen Kneipen aus Versehen neben meinem Bierglas verschüttet habe.

Autor

Chinz, 1968 in Köln geboren, wohnt heute in Varel.

Er arbeitet als Krankenpfleger, lebt als Musiker und Schriftsteller und bezeichnet sich selbst als gut gelaunten Melancholiker.

Bisher erschienen:

- „Alzagra", Roman
- „Die Brücke" (Kommissar Kittys erster Fall), Krimi
- „Fast zu spät" (Das Schweigen der Glascontainer), Roman
- „Ruhe sanft" (Kommissar Kittys zweiter Fall), Krimi
- „Die Besucher", Theaterstück
- „Jupp", Novelle
- „Der perfekte Kaffee", Ein Kännchen Leben

Chinz

Das Buch der Unruhe des Hilfsmelancholikers Leon Sersoa

Neben dem Bierglas verschüttete Sätze

Ausgabe 2023

Tiff & Toff Taschenbuch 012

Die Deutsche Nationalbibliothek verzeichnet diese Publika-
tion in der Deutschen Nationalbibliografie;
detaillierte bibliografische Daten sind im Internet über
http://dnb.dnb.de
abrufbar.

© 2019 by Chinz und Tiff & Toff – Verlag
www.chinz.de

Herstellung und Verlag:
BoD – Books on Demand, Norderstedt
ISBN: 978-3-7504-1412-9

für Fernando Pessoa, Kurt Tucholsky, J.K. Rowling und Elke Heidenreich

„Ich bin eine Gestalt in einem noch zu schreibenden Roman, die luftig vorüberweht und sich auflöst, ohne gewesen zu sein, unter den Träumen desjenigen, der mich nicht zu formulieren verstand."

(Fernando Pessoa „Das Buch der Unruhe des Hilfsbuchhalters Bernardo Soares")

Prolog:

Vor vierzig Jahren lebte ich für einige Wochen in Varel, um meine sterbende Mutter zu versorgen.

Wenn sie abends endlich schlief und mein Bruder den Bereitschaftsdienst übernahm, saß ich oft im *Tante Emma* und trank Bier. Zu viel, dachte ich am nächsten Morgen. Zu wenig, so kam es mir gegen Mitternacht vor, wenn die Kneipe schloss und ich nach Hause wankte.

Es war meist sehr voll, viele fröhliche, laute und redselige Menschengruppen oder Pärchen und ein paar Vereinzelte, schweigsam ins Leere starrende und irgendetwas ertränkende wie mich.

Ein junger Mann, ungefähr mein Alter, saß oft direkt neben der Zapfanlage am Tresen. Manchmal saß er als einziger dort, meist umgeben von vielen Menschen, aber auch dann: Er saß als Einzelner dort, deutlich alleine, ohne Kontakt zu den anderen, trank ähnlich schnell wie ich, starrte auch viel ins Leere, aber zwischendurch schrieb er immer wieder kurze Texte auf einen Stapel Blätter vor sich.

Ich hatte ihn schon oft gesehen, aber heute Abend trafen sich unsere Blicke zum ersten Mal. Seine Augen weiteten sich kurz, ich erwartete ein Lächeln oder wenigstens ein Nicken, aber er errötete nur leicht, sah schnell auf sein Blatt, nahm den Stift und schrieb etwas.

Hatte er wirklich mich gesehen? Oder eher etwas in der Leere zwischen uns, die zwar voller Menschen war, aber halt eine Leere, wie alles um mich in der Zeit.

Ich versank wieder in trüben Gedanken und beachtete ihn nicht mehr, bis ich zufällig sah, dass er an der Theke stand und bezahlte. Wir waren inzwischen die letzten Gäste und auch ich ging bezahlen. Ich warf einen Blick zu der Stelle, an der er geschrieben hatte und sah dort ein Blatt liegen.

„Stimmt so", sagte ich, griff mir das Blatt und lief raus. Er war zum Glück noch nicht weit gekommen und ich hatte ihn schnell eingeholt.

„Sie haben etwas liegen lassen."

Er drehte sich um, sah mich mit müden, glasigen, aber vor allem überraschten Augen an und sagte, leicht mit dem Kopf schüttelnd und jetzt lächelnd:

„Ich hatte nicht mehr damit gerechnet."

„Was meinen Sie?"

„Ich schreibe schon so lange und so viel und jetzt ist es das erste Mal, dass ich mitbekomme, dass jemand seinen Text findet."

Ich begriff immer noch nicht.

„Das ist Ihr Blatt."

„Das haben Sie für mich geschrieben?"

„Es scheint so. Zumindest hat der Text sie gefunden. Ich selbst weiß meist nicht, für wen ich gerade schreibe."

Ich war mir nicht sicher, ob das einen Sinn ergab, was er sagte. Er war ziemlich betrunken. Ich mindestens genauso. Verstand ich es deswegen nicht? Oder ging es gar nicht um Verstehen?

„Mir sind schon einige Blätter verloren gegangen. Wer weiß, vielleicht haben auch andere ihre Texte gefunden; es mir bloß nicht gesagt. Pessoa weiß ja auch nichts von mir."

Er sah auf einmal sehr glücklich aus. Die Augen waren einen Moment lang wach und leuchtend, bevor die Müdigkeit wieder ihren Tribut forderte.

„In welche Richtung gehen Sie?", fragte ich ihn.

„Ich wohne in der Nähe der Hafenschule."

„Die kenne ich nicht. Wissen Sie, ich bin nicht ...“

Er fasste sich an die Stirn und unterbrach mich:

„Klar! Das hätte ich mir denken können. Dieses Verlorene in Ihrem Blick. Sie sind auch nicht von hier, oder?“

„Ja. Tatsächlich. Ich wohne sonst in Bielefeld, aber meine Mutter ...“

„Nein, ich meine, Sie gehören eigentlich auch nicht auf diese Welt. Jetzt verstehe ich es endlich! Es ist so einfach!“

Ich hingegen verstand kein Wort.

„Verlorene Seelen schreiben für andere Heimatlose. Fremde für Fremde.“

„Ich kann Ihnen nicht ganz folgen.“

Er drehte sich plötzlich zu mir um, umarmte mich kurz und strahlte mich an:

„Es tut gut, nicht ganz allein verloren in dieser überfüllten Welt zu sein. Ich heiße Leon.“

Auch ich stellte mich vor, aber er hörte gar nicht zu.

„Ich nehme an, das geht dir genauso. Ich habe keine Ahnung, wo ich herkomme und auch nicht, wo ich falsch abgebogen bin, dass ich auf diesem Planeten, als Mensch unter Menschen gelandet bin. Ich hielt das bisher für einen großen Fehler, einen schmerzlichen Irrtum. Aber vielleicht ist es einfach nur eine kleine Zwischenepisode, die Sinn ergibt. Eine kurzzeitige Anstellung als Aushilfsschriftsteller, Melancholiker auf Zeit. Ich empfange Stimmungen und Melodien aus mir unbekannten Räumen und forme sie zu Texten um, damit sie danach den finden, für den sie eigentlich bestimmt waren.“

„Du formst Melodien zu Texten um?“

„Es kommt immer auf die Melodie an. Es hat lange gedauert, bis ich das begriffen habe. Der Text ist nicht wichtig. Pessoa schreibt in einer anderen Zeit, ein ganz anderes Leben vom Inhalt her, aber mit exakt meiner Melodie. Das ist es, was mir wirklich geholfen hat, nicht Romane von anderen, die über meine Zeit schreiben, die ähnliche Probleme und Komplexe haben wie ich, aber nicht die gleiche Melodie. Texte berühren das Gehirn, die Melodie das Herz. Ich glaube, da wo wir herkommen, gibt es nur Melodie."

Er sah eine Weile verträumt zum Mond, der gerade hinter einer Wolke hervorgekommen war, dann drehte er sich zu mir um und streckte seine Hand nach dem Blatt aus. Ich gab es ihm und er überflog es mit staunendem Blick.

„Das? Ausgerechnet das?" Er errötete leicht. „Tja, auch mir fällt es manchmal noch schwer zu glauben, dass der Inhalt nicht das Wichtigste ist. Ich hätte wirklich gedacht ... egal. Schön. Ich freue mich wirklich sehr!"

Er gab mir das Blatt zurück und fuhr fort:

„Ich hatte nicht mehr daran geglaubt, dass meine Gabe gebraucht wird. Es gibt ja kaum noch Menschen, die nach ihrer Bestimmung suchen."

Ich verstand immer noch nichts wirklich, aber irgendwas fühlte sich richtig an.

„Und meine Bestimmung ist, dein Blatt zu finden und es dir zu sagen, damit du weißt, dass du doch nicht umsonst hier bist?"

Er lachte.

„Natürlich ist das nicht *die* Bestimmung deines Lebens, aber vielleicht eine von vielen kleinen Möglichkeiten, die man zusätzlich hat, um das eigene Leben und das anderer zu bereichern."

Er sah mir eine Weile tief in die Augen. Ich schien ihn an jemanden zu erinnern.

„Du bist für etwas Großes bestimmt, Cidira."

„Ich heiße nicht Cidira."

Er hörte mich offensichtlich nicht, lächelte mich noch eine Weile strahlend und liebevoll an, dann fielen ihm die Augen zu. Er schien im Stehen eingeschlafen zu sein. Ich stupste ihn an.

Er zuckte leicht zusammen, öffnete überrascht die Augen, murmelte „Entschuldigung.", als hätte er mich gerade aus Versehen angerempelt und ging, ohne sich noch einmal umzusehen, seinen Weg.

Zwei Tage später sah ich ihn wieder im *Tante Emma*. Er sah unsicher und überlegend zu mir hin, wie beim ersten Treffen. Ich lächelte ihm zu und er sah, leicht errötend, auf sein Blatt und fing an zu schreiben.

Ich ging zu ihm hin und wir wechselten ein paar Worte. Schnell war mir klar, dass er sich nicht an unser Gespräch erinnern konnte, nicht mehr wusste, wer ich bin, nur noch eine unbestimmte und verschwommene Ahnung hatte.

Er fragte nicht nach und ich sagte auch nichts. Eigentlich ja auch nicht wissend, was genau an dem Abend passiert war, was er in mir berührt hatte.

Ich ging diesmal früher als er, nickte ihm, während ich an der Theke bezahlte, kurz zu. Er schaute mich überrascht an, nickte auch und schrieb mit fröhlichen Augen weiter.

Als ich zuhause ankam, fand ich ein Blatt von ihm in der Jackentasche. Das war unmöglich! Ich hatte die Jacke an diesem Abend nicht ausgezogen. Er war nie in meiner Nähe gewesen. Wie ...?

Und ... weswegen? Er hatte mich nicht erkannt. Das war deutlich gewesen.

Hatte sein Blatt mich erkannt?

Ich sah ihn nur noch zweimal. Ein weiteres Gespräch haben wir nicht mehr geführt. Aber beide Male fand ich, wenn ich gehen wollte, ein Blatt von ihm, ohne dass ich mir erklären konnte, wie es auf meinen Platz gekommen war.

Noch weniger konnte ich mir erklären, dass ich auch später, nach dem Tod meiner Mutter, immer wieder Blätter in seiner Schrift fand, in Kneipen in Bielefeld, aber auch an völlig anderen Plätzen: in der Straßenbahn in Berlin, auf einer Kirchenbank in Norwegen, im Kino in Heidelberg, am Strand in Südfrankreich.

Zum Glück kann ich rückblickend sagen, dass dies nicht die eine, große Bestimmung in meinem Leben war - seine Texte zu finden. Ich habe, kurz nachdem ich ihn kennengelernt hatte, meine Bestimmung gefunden und sie, in aller Bescheidenheit geprahlt, recht gut erfüllt, wie ich meine.

Ich denke auch nicht, dass es seine einzige Bestimmung war, Blätter zu schreiben, die dann zu mir fanden. Das Schreiben vielleicht schon. Blätter und Melodien für viele Menschen? Ich habe keine Ahnung. Was ich weiß: Mein Leben hat er bereichert, womöglich sogar ein- zweimal gerettet.

Mehrere hundert Mal fand ich Blätter von ihm für mich, an den unterschiedlichsten Orten, immer überraschend und vor allem immer genau dann, wenn ich sie brauchte. Wenn die Leere mal wieder anschwoll, der schwarze Hund wieder da war, ich jemanden verloren hatte oder wie so oft, einfach nicht mehr wusste, warum und wofür ich da war. Er war da, fasste meine Selbstzweifel und Sprachlosigkeit in Worte, summte meine Melodie, wenn ich keine Kraft mehr dazu hatte und auf einmal war die schwere Leere deutlich leichter zu ertragen.

Irgendwo da draußen war, wie real er auch immer sein mochte, ein Seelenverwandter und schien auf mich aufzupassen. Das Sicherheitsnetz im nicht gerade sturzfreien Balanceakt meines Lebens.

Ich habe die Blätter in einer großen Kiste auf dem Dachboden gesammelt. Sie sind ohne Datum und deswegen inzwischen völlig durcheinander. Nur das erste Blatt liegt immer oben auf.

Ich habe ihn nur viermal im Leben kurz gesehen, aber wenn ich heute zurückblicke, das deutliche Gefühl:

Er war immer da.

Ich schreibe nicht für mich. Noch nie stand das so deutlich und hübsch vor mir.

Vieles, was ich geschrieben habe, kann ich am nächsten Tag nicht mehr lesen. Ich sollte wirklich mal an meiner Schrift arbeiten! Aber wozu? Wenn ich es lesen kann, dann ist es im besseren Fall nett, aber belanglos, oft sagt es mir einfach nichts. Als würde ich Gesprächsfetzen von einem Nebentisch aufschreiben, die halt nicht für mich bestimmt waren und die ich nicht verstehe, weil mir der Zusammenhang des bisherigen Gesprächs fehlt. Mag sein, dass meine Sätze einen Sinn ergaben, als ich sie schrieb. Vielleicht waren sie aber auch einfach für jemand anderen bestimmt.

Wenn dem denn so sein sollte, steht jetzt leider ebenfalls sehr deutlich und hübsch vor mir: Auch diese jemand anderen interessiert es nicht, was ich schreibe.

Eine mir unbekannte hübsche Frau, etwa vier Meter entfernt, hat diesen kleinen Text verursacht, als sie neugierig zu mir hinsah. Da ich, als nicht schreibender Mann, nicht viel hermache, blieb nur die Möglichkeit, doch noch mal den Stift aufzuwecken, obwohl schon seit Seiten klar ist, dass ich heute nichts Vernünftiges mehr schreiben werde.

Die Frau schaut längst nicht mehr zu mir hin, in ein paar Tagen erinnre ich mich nicht mehr an sie (in ein paar Minuten sie sich nicht mehr an mich) und auch diese Seite wird in einer Kiste irgendwo auf dem Dachboden, völlig unbeachtet ein sinnloses Leben verbringen, bis sie von einer Maus zerfressen oder einfach so, ungelesen zu Staub zerfällt. Wie wir alle halt.

Die meisten Menschen fallen ungelesen in ihr Grab. Der ein oder andere Freund, womöglich ein Partner, haben ein paar Seiten oder wenigstens den Klappentext deines Lebens gelesen. Aber dein ganzes Buch, alle Seiten, dieses langweilige, austauschbare Phrasengedresche, dieses Drama ohne Höhepunkt, diese nicht originellen Textbausteine, dieses zwar einzigartige, aber halt in keiner Weise außergewöhnliche oder gar faszinierende Buch?

Genaugenommen bist du ja froh, dass keiner dieses teilweise völlig hilflose Gestammel wirklich aufmerksam liest. Wem sollte es gefallen?

Ich erwische mich ja schon selbst, wie ich Absätze, manchmal Seiten bei mir überspringe, weil sie mich nicht interessieren. Unkonzentriertes Blättern durch meine Geschichte, während mich Seitenblicke auf andere Bücher ablenken - deren Umschläge sehen vielversprechender aus; wenn ich zufällig einen Satz aus einem anderen Buch höre: faszinierend. Ich will wissen, wie es weitergeht. Will ich das bei mir?

-2-

Ich bin mir fremd geworden.

Was erstaunlich ist, wenn man bedenkt, dass ich mir nie besonders nahestand, geschweige denn jemals auch nur ansatzweise das Gefühl gehabt hätte, mich zu kennen, zu verstehen, von mögen ganz zu schweigen.

Ich bin für mich doch eher immer ein Unbekannter gewesen, den ich halt deutlich häufiger als alle anderen zufällig traf, mit dem ich aber über freundliches Grüßen nicht weit hinausgekommen bin. Gelegentlich kurze oberflächliche Gespräche, deren Inhalt ich meist schon am nächsten Tag vergessen habe. Häufiger ein verächtlicher oder gar wütender Blick, fast immer ohne dass ich die Ursache wusste.

Der Mitbewohner, den ich nie richtig kennengelernt habe und der sich jetzt doch deutlich verändert hat. Nichts Fassbares, außer vielleicht, dass er mir noch weniger als vorher in die Augen schaut, zum Beispiel, wenn ich ihn morgens im Spiegel sehe.

Ob ich etwas Falsches gesagt oder getan habe? Ich spüre eine deutliche Distanz zwischen uns, da wo vorher keine Nähe war.

Obwohl ich bisher behauptet hätte, dass keine tiefen Gefühle für mich in mir sind - jetzt ist da eine Leere, wo vorher etwas war. Etwas, was ich nie erkannt oder begriffen, nicht einmal wahrgenommen habe, bis es mir jetzt abhandengekommen ist.

Wie der Kranke auf einmal merkt, dass er vorher gesund war, was ihm selbstverständlich erschien und jetzt fehlt. Da war etwas in mir, was mich mit mir verband und jetzt ist es nicht mehr da.

-3-

Ich stolpere vorwärts, stoße immer wieder gegen Gegenstände oder Passanten, muss mich dauernd entschuldigen und ich weiß ja, woran es liegt, aber ich kann nicht anders. Immer wieder Cidira.

„Schau nach vorn. Da geht dein Leben weiter. Eure Geschichte ist abgeschlossen. Sie hat jetzt einen anderen. Lass die Vergangenheit ruhen!"

Ich kann es nicht. Ich schau zurück. Da, wo wir uns trafen, da, wo ich für immer bleiben wollte, dieser eine Moment, in dem sich mein ganzes Leben erfüllte, ich darf diesen Augenblick nicht verlieren! Genau dann ginge mein Leben nicht mehr weiter.

Klar, es ginge vorwärts, Ich sähe Neues, ich könnte Hindernissen besser ausweichen, würde nicht mehr anecken, alles ginge glatt und problemlos ... und sinnlos. Was wäre das für ein Leben? Nicht meins.

-4-

Eine außergewöhnlich hübsche Frau kam vor zehn Minuten in die Kneipe. Schon auf dem Weg zur Theke wurde sie von zwei Männern angesprochen, die aber nur ein Kopfschütteln ernteten.

An der Theke, bevor sie selbst bestellen konnte, bekam sie von dem Mann rechts neben ihr ein Getränk ausgegeben. Sie bedankte sich kurz und beachtete ihn nicht weiter.

Kurz danach quatschte sie jemand von links an:

„Läuft alles gut bei dir?"

Sie schaute nur irritiert in seine Richtung und sagte nichts. Gerade geht einer an ihr vorbei: „Alles gut?" - Keine Antwort.

Sie ist das Objekt der Begierde aller Männer hier und ich bin inzwischen der Einzige, der noch nicht abgeblitzt ist.

So kann ich mich, dank meiner Schüchternheit, heute mal als so etwas Ähnliches wie einen Sieger fühlen.

Wir laufen über die Erde, fühlen uns dem Maulwurf und der Blumenzwiebel weit überlegen und leben doch selbst, von einer höheren Ebene betrachtet, unter der Erde.

Die meisten von uns Blumenzwiebeln sind tag- und lebendfüllend damit beschäftigt, Würmer und Mäuse abzuwehren, eine sichere Umgebung für die Zwiebel zu bauen und neben den anderen Zwiebeln gut auszusehen. Wir prahlen mit unseren Behausungen, den festen Dächern, die jeden Eindringling von oben abwehren, ohne zu merken, dass wir damit auch das Leben bringende Wasser von uns fernhalten und nicht nach oben wachsen können.

Makellose Blumenzwiebeln werden bewundert und die, die aufgeplatzt sind, anfangen Wurzeln ins Erdreich zu schlagen und gar nach oben wachsen, als seltsame Sonderlinge gemieden.

„Spiel nicht mit den Blumenkindern!"

Aber diejenigen von uns, die wenigen, die ihre Bestimmung begriffen haben, sind längst aus dem Erdreich raus. Okay, mit Zwiebel und Wurzeln immer noch drinnen, deutlich fester drinnen, als die, die nur hier sind, aber jedenfalls schaut ein Teil von uns schon aus der Erde raus, wächst der Sonne entgegen, dieser fruchtbaren Wärme und Helligkeit, die wir unter der Erde schon ahnten.

Unsere Seele, unsere Träume sind längst im richtigen Leben und der im Körper gefangene Geist unter der Erde sehnt sich nach dem Himmel. Warum muss ich noch hier sein?

Vielleicht, um anderen Blumenzwiebeln den Weg zu zeigen?

Denn zugegebenermaßen hätte ich meine Bestimmung nicht von allein gefunden. Ich habe nach nichts anderem gesucht, war zufrieden, zwar keine besondere Blumenzwiebel, aber immerhin keine verachtete zu sein.

Bis diese eine besondere Frühlingssonne es auf mir noch heute unerklärliche Weise schaffte, zu mir ins tiefe Erdreich durchzudringen.

Während der wenigen Wochen mit Cidira habe ich noch nichts davon begriffen, nur gefühlt, eher geahnt, dass etwas Ungeheuerliches, etwas für immer Veränderndes, etwas meine sehr enge Vorstellung von Glück Sprengendes passierte.

Während unserer Tage wollte ich auch gar nichts verstehen. Ich wollte nur diese unerklärliche und mir bis dahin völlig unbekannte Wärme, die sie mir war, spüren. Sehnsucht nach Höherem, Weiterem, Wachsendem, Fruchtbarem, das ich damals noch nicht kannte, das mir eine völlig andere Welt war.

Raus aus dem verhassten Erdreich, rein in die frische Luft, in die Weite, in die Freiheit, zur Frühlingssonne.

Ins Leben.

-6-

Von der interessanten Nachbarin, die mich auf angenehme Weise an Cidira erinnert, angequatscht worden.

„Was schreibst du?"

„Einen Roman."

„Interessant."

Mir war durchaus klar, dass nach diesem Anfang ein Hauptteil kommen musste, aber ich wusste nichts mehr zu sagen.

Eine Weile saß sie noch neben mir und wartete, anfangs noch mit Interesse, ob da mehr von mir käme. Aber da kam nichts und sie zog weiter.

Jetzt sitzen zwei Männer neben mir. Auch sie scheinen fasziniert von dem, was ich hier mit Stift und Papier mache - Was mache ich hier? - während sie halt nur einfach da sitzen, jeder mit einem Glas vor sich, gelegentlich trinkend.

Ich sehe wohl aus, als täte ich etwas Sinnvolles, Aufregendes, womöglich sogar etwas später Weltberühmtes. Ach ... träumt ruhig weiter.

Ich ja auch.

„Ich wäre gerne Ecstasy oder Viagra, aber ich bin nur Paracetamol. Ich bin nützlich, man braucht mich, wenn es nicht gut geht, aber für das fröhliche, volle, lustvolle Leben, dafür sind die anderen da."

(Aus der großen Sammlung: „Sätze, die einem mittelmäßigen Autoren spontan einfallen, wenn er etwas schreiben muss, weil der Nachbar gerade auf sein Blatt schaut.")

Viele fragen mich, was ich schreibe, oder gar, was ich hier mache, als wäre es nicht offensichtlich und fast nie jemand, wo ich spontan denke: Dich hätte ich gerne als Leser!

Ich antworte ausweichend, manchmal gar nicht. Es gibt Leser, die möchte ich meinen Büchern nicht zumuten. Ich möchte mich nicht verkaufen. Ich möchte gewürdigt werden.

PS:

Es scheint auch niemand von den Besuchern hier spontan zu denken: Dich hätte ich gerne als Autor!

Mein Nachbar eben zu mir, als er auf die Toilette kam, wo ich gerade am Pissoir stand:

„Kannst du das doch?"

„Ja."

„Dann ist ja gut. Ich hatte Angst, du hättest keinen Pimmel."

Schriftstellerei scheint nicht wirklich männlich zu wirken.

Ach Hemingway, ach Frisch, ach insbesondere Charles Bukowski ... ihr Weiber!

Aber ich sollte nicht lästern, sondern dankbar sein, dass ich den Kuss der Muse kenne, der nur wahre Männer trifft (unhaltbare, aber angenehme These) und dass, völlig unverständlicherweise, die schönste und begabteste Muse aller Zeiten sich entschieden hat, mich zu küssen.

-7-

Ich mag Menschen, die schüchtern und unsicher in Kneipen kommen.

Sowas würde ich mir für Kirchen wünschen: Dass da verlorene, gescheiterte Menschen zögernd reinkommen, nicht genau wissend, was sie erwartet; unsicher, weil da so viele Profis sind, die sich auskennen und sie wissen nicht, wo hinsetzen und was bestellen.

Kirche müsste ein Ort der unbestimmten Hoffnung sein; kein Ort, wo die Bedienung vorne unumstößliche Wahrheiten verkündet, sondern einer, wo sie zuhört, für jeden Gast die passende Antwort, das richtige Getränk oder halt nur ein verständnisvolles, schweigendes Nicken hat.

Der Pastor schüttet noch mal nach und murmelt: „Ja, das Leben ist echt scheiße!" Und das wäre schon die erste kleine Erlösung ..., vielleicht der Beginn eines wunderbaren Glaubens.

So hatte sich Gott das vorgestellt. Als er jedoch sah, was aus seiner Kneipe geworden war, mit diesen selbstgerechten, konkursverwaltenden Bedienungen der Kirche, die nicht mal Wasser in Wein verwandeln konnten, wandte er sich voller Grauen ab.

Schade um einige liebevoll eingerichtete Kneipkirchen. Ich denke, ER hat inzwischen ein gemütliches Café am anderen Ende des Universums eröffnet.

-8-

Mag ja durchaus unter anderem an meinem Gefühl, auf der falschen Welt gelandet zu sein, in diesem Leben unter diesen Mitmenschen ein Fremder zu sein, jemand der die Sprache der meisten Menschen weder richtig spricht noch versteht, liegen, dass ich so viel Mitgefühl für Flüchtlinge und Asylsuchende habe.

Ich wurde freundlich aufgenommen, meinem Antrag auf Duldung auf dieser Erde wurde stattgegeben.

Wirklich integriert habe ich mich nie. Das ist nicht mein Planet, nicht meine Kultur, nicht mein Leben hier. Aber ich kann nicht zurück, ich habe vergessen, wo ich zuhause war oder es ist zerstört, es wird es nie wieder geben ... Hat es es je gegeben?

Ich bin ein Mensch und Schriftsteller mit Migrationshintergrund.

Ich weiß nicht, woher ich komme und wohin ich gehöre, aber hier bin ich definitiv fremd.

Die meisten Menschen sprechen eine andere Sprache als ich. Auch die meisten Deutschen.

Sie reden in beeindruckendem Tempo und Umfang, während mir für das, was mir wichtig ist, fast immer die Worte fehlen.

Ich verstehe selten, was sie sagen wollen und noch seltener, warum es sich lohnen sollte, über die Dinge zu sprechen, über die sie sprechen.

Wie Politiker sprechen, wie Juristen sprechen, wie Bedienungsanleitungen sprechen, wie PEGIDA spricht - Ich verstehe sie nicht!

Und ich weigere mich, ihre Sprache zu erlernen!

Ich werde mich nicht integrieren!

Ich werde weiterhin von Liebe, von Hoffnung und über Träume sprechen und schreiben.

Ich lebe in meinem Ghetto; verweigere das Mitlaufen und Konsumieren.

Ich will für mich sein, mit den wenigen meinesgleichen.

Immer wieder eine der Haupttriebfedern für den Helden, insbesondere in amerikanischen Filmen: die Ehre der Familie retten, einen Verwandten rächen oder rehabilitieren.

Wenn über Nacht sämtliche Erinnerungen an Vater, Mutter, Bruder, Tanten und sonstige unwichtige Verwandten aus meinem Kopf verschwänden, es würde mir, wenn überhaupt, erst Wochen später auffallen. Fehlen würde mir nichts.

Für Ehre der Familie oder fürs Vaterland kämpfen, überhaupt Gefühle empfinden, gar Stolz? Da fehlt mir jeglicher Zugang zu. Die können froh sein, dass ich keinen Hass empfinde.

Allein Zuhause. Nichts in der Post, der Anrufbeantworter langweilt sich seit Monaten, im Mail-Postfach nur Werbung, kein Verwandter mehr, der noch nicht begriffen hätte, dass ich kein Interesse am Kontakt habe.

Stille. Da bin ich Zuhause. Da ist alles in Ordnung.

Wenn ich in der vollen Kneipe sitze, zwischen hundert fröhlichen oder traurigen, in jedem Fall lauten Menschen, manche quatschen mich an, Musik, Leben, Gespräche, Lärm ... hier fühle ich mich einsam.

Mit mir allein bin ich nie einsam – unter Menschen: fast immer. Nicht meins.

(Aber hier kann ich halt am besten schreiben.)

-9-

Ich werde mich nicht so weit prostituieren, dass ich hier einfach irgendetwas hinschreibe, um so zu tun, als hätte ich etwas Lohnenswertes zu schreiben, nur weil ich gerade erwartungsvoll angesehen werde ... Puh! Endlich guckt sie wieder in die andere Richtung.

Konnte ich mit meinem Aktionismus ihr Interesse wecken? Wohl nicht. Aber das hätte ich vor mich hin starrend und nicht schreibend auch nicht.

Ha, da schaut sie doch schon wieder und da der Leser es nicht gesehen hat, könnte ich ja einfach mal behaupten, dass die wunderschöne Frau mir zugelächelt hat, was zwar weder stimmt noch den Leser interessiert, aber dafür den das hier später lesenden Schriftsteller verwirren wird. Vergeblich sucht er in seinem Gedächtnis nach einer nie stattgefundenen Erinnerung.

„Sie brauchen mich nicht verarschen. Das kann ich schon allein."

Ich selbst finde übrigens in der Öffentlichkeit lesende Menschen deutlich interessanter und sympathischer als schreibende. Aber meine Vorstellung von mir, da wirke ich schreibend beeindruckender, phantasieanregender.

Und in Wirklichkeit interessiere ich weder lesend noch schreibend. Was meinem komplett fehlenden Bedürfnis, im Mittelpunkt zu stehen, durchaus entgegenkommt.

Ich habe keinerlei Selbstwertgefühl.

Ich habe viel Selbstwertwissen, kenne unzählige Menschen, die mir sehr deutlich gezeigt haben, wie viel ich ihnen bedeute. Ich zweifle da auch nicht ernsthaft dran.

Ich würde noch nicht mal behaupten, dass sie im Unrecht sind, unter Geschmacksverirrung oder fehlender Erfahrung leiden. Es ist nicht falsch – es gibt deutlich Schlechtere, sehr viele, sehr deutlich Schlechtere als mich, aber ... in mir, da ist nicht mal der Hauch eines Gefühls, dass ich etwas Wert sein könnte, für irgendjemand.

-10-

Plötzlich lautes, fröhliches, herzliches Lachen.

Und in mir ... zieht sich alles zusammen. Ich fühle mich wie aus dem Raum geschubst.

Laut, fröhlich, unbeschwert, Lebensfreude - das ist nicht meine Welt. Da gehöre ich nicht dazu. Da bin ich, wenn überhaupt, nur mal kurz als Gast eingeladen. Man erträgt mich dort.

Ab und zu sieht mich jemand an, als würde sie denken: Schade eigentlich, dass er hier nicht dazu gehört. Könnte er das vielleicht lernen?

Nein.

Gibt nicht viel, woran ich fest glaube. Aber in diesem Fall: Mit hoher Wahrscheinlichkeit: Nein.

-11-

Früher haben ganze Völker, womöglich eine Zeit lang alle Menschen der Erde, an die Sonne als Gott geglaubt, als Schöpferin allen Seins. Nur weil sich herausgestellt hat, dass vieles dieses Glaubens falsch war, stellt doch keiner infrage, dass es die Sonne gibt.

Ich würde niemals infrage stellen, dass es einen Gott gibt. Bloß über die Funktion und Relevanz für unser jetziges Leben sollten wir noch einmal diskutieren.

Die Sonne ist wichtig für Gemüt und Vitamin D.

Gott hat auch seine Bedeutung und Funktion, aber der bisherige Beipackzettel ist hanebüchen!

(Ohne zu wissen, was dieses Wort, welches mir gefällt, genau bedeutet.)

Ich glaube nicht an Gott und bis vorhin glaubte ich nicht an Himmel und Hölle.

Heute nach längerer Zeit meinen Vater besucht. Die Demenz ist deutlich fortgeschritten. Ich weiß nicht, wer von uns beiden mehr leidet.

Von dem einst vitalen Menschen, der voller Gottvertrauen und Zuversicht war, ist nicht mal mehr in Ansätzen etwas zu erkennen. Ein komplett anderer Mensch lebt da in demselben Körper wie vorher, nur noch ein kleiner Teil seines alten Bewusstseins ist übriggeblieben und der bekommt in den lichten

Momenten mit, was mit ihm passiert ist und dann gibt es sie doch: Die Hölle ist bei uns Zuhause und ausgerechnet mein strenggläubiger Vater ist in ihr gelandet.

Gefangen in seinem nicht mehr wie gewohnt funktionsfähigen Körper, mit überwiegend zerstörtem Intellekt und trauriger Seele. Er bemerkt, welche Belastung und welch ein Energieräuber er für seine Familie und alten Freunde ist ... – viel mehr Hölle geht nicht.

Als ich als Kind noch an Gott und Bibel glaubte, war mir die Vorstellung unerträglich, dass gute Freunde von mir in die Hölle kommen würden und ich – im Himmel sitzend – nichts für sie tun können würde und ich glaube das war, was den ersten, eher den entscheidenden Zweifel in mir gesät hat.

Und das ist das einzig Gnädige an diesen Höllen auf Erden: Wir können für unsere dementen Freunde und Angehörigen etwas tun in ihrer Verdammnis. Sie dort besuchen und ihnen die Hölle ein bisschen erträglicher machen.

Ich muss mich allerdings korrigieren:

An den Himmel glaube ich schon länger wieder.

Ich habe sie kennengelernt. Sie heißt Cidira.

-12-

Jo, das hier muss der Himmel sein.

Die Hölle habe ich auf dem Weg hierher im Vorbeigehen kurz betrachtet. Irgendwas mit falscher Erwartungshaltung. Details hatten mich nicht interessiert. Ich wusste ja, ich hatte ausreichend vorbildlich gelebt, um in den Himmel zu kommen.

27

Und hier ist es auch so, wie ich es mir vorgestellt habe. Na ja, fast. Eine grandiose Landschaft, Sonnenschein, eine gemütliche Kneipe am Wegesrand, mit einer hübschen, freundlich lächelnden Bedienung; freie Getränke und Knabberzeug.

Aber ... Krombacher? Das hat mir noch nie geschmeckt. Meersalzchips light? Äh ... nein, Danke.

Salzstangen. Jever. Gerne auch Flens oder Astra, aber doch nicht Krombacher!

„Oh Verzeihung, Herr Soares. Einen Moment. Ich korrigiere das."

... und dann kommt sie mit einem Glas Warsteiner an ...

„Haben Sie vielleicht Wein?"

„Ja, natürlich, sehr leckeren Riesling."

„Ich dachte eher an Rotwein."

„Spätburgunder Weißherbst?"

„Ach, lassen Sie mal. Eventuell Cointreau?"

„Nein, aber einen wirklich gehobenen Cognac."

Schlimmer als die Hölle. Alles bemüht, in die richtige Richtung, aber im entscheidenden Moment exakt daneben.

Auch heute wieder im Himmel aufgewacht, aber keine Lust mehr auf den Laden hier. Mal kurz bei der Hölle vorbei gegangen. Auch da ist alles eher lieblos gemacht: So richtig bestraft fühlt sich keiner. Es herrscht halt eine große Langeweile, was zugegebenermaßen auf die Dauer die Hölle sein kann.

Was die Werbung über Hölle und Himmel erzählt hat, war also wie üblich völlig übertrieben. Auf die Dauer ist beides eher fade.

Tja ..., gibt es irgendwelche Alternativen?

Da! Ein Werbeplakat: „Bored of Heaven? - Reinkarnation!"

Ja, das könnte was für mich sein.

Als was? Ingenieur, Pilot, Chirurg?

Och nö ... Lieber noch mal als Thekenhänger.

Heute endlich wieder die fähige schwarzhaarige Bedienung an der Theke, die viel zu selten hier ist. Sie erinnert mich ein bisschen an Cidira, die ich ja auch als Bedienung hinter der Theke kennengelernt habe. Sie sieht völlig anders aus, innerlich und äußerlich, aber sie hat auch einen guten Blick für das leere Glas und vor allem auch die seltene Begabung, aus einer ungemütlichen verrauchten Kneipe für kurze Zeit einen Zufluchtsort zu machen.

Sie schaut mich immer wieder an. Was erstaunlich ist. Dass ich nicht am Leben, an dem Leben, wie sie es kennt - laut, extrovertiert, verraucht und lustvoll - teilnehme, das weiß sie schon lange. Warum schaut sie den chronischen Melancholiker immer wieder suchend an?

Sucht sie etwas an mir, in der Hoffnung, dass ich halt vielleicht doch anders bin oder ahnt sie, dass sie selbst anders ist und sie einen Teil von sich, den sie bisher nicht kennt, bei mir, durch mich, finden könnte?

Beides nicht. Sie hat nur Langeweile. Ist ja sonst keiner an der Theke.

-13-

Ich möchte schreiben können!

Wie ein Bildhauer; will mich auf das Blatt stürzen, es mit dem Stift zerreißen, immer wieder störende Wörter wegreißen, bis da steht, was ich meinte.

Ich will mich voller Wut drauf stürzen, stöhnend und arbeitend ...

... nicht hier sitzen und denken und schreiben und Worte abwägen und mir um die Schrift Sorgen machen.

Ich möchte ein Modell schreiben können!

Den Kopf, die Haare, die Augen; alles aufsaugen und auf das Papier bringen; den Hals, die Schulter, die Brüste, den Körper in Worten nachformen. Runde, feste Wörter für ihre Brüste; braune, wilde Wörter für ihr Haar; Worte, die hin und her gehen für ihre Augen. Worte, die suchen, die mich aufsaugen. Worte, die mich anstarren.

Ich möchte schreiben, dass man das Blatt an den Mund setzen und die Wörter trinken könnte!

Sie langsam die Kehle runter rinnen lassen, zum Herzen, den erdigen, herben Geschmack auf der Zunge behaltend.

Ich möchte schreiben, dass man besoffen davon wird!

Ich möchte schreiben wie Musik!

Wie Klavier, wie Symphonie, nicht wie Trompete.

Ich will alles auf einmal schreiben; viele Worte als ein Akkord, nicht Wort und Wort hintereinander. Sie sollen zusammen erklingen und dann in der Stille verhallen.

Ich möchte schreiben können!

Schreiben, dass man ein Tuch drüber deckt und es vergisst und dann hebt man das Tuch und es liegt klar vor einem:

Das Geformte, das Ausgedrückte, das Festgehaltene.

Ich möchte schreiben können, was vor mir ist!

Der Tisch, die Kerze, das Glas Wein, die Luft hier, die Musik, die Tür - das alles Schreiben; es hier festhalten können; nicht die Begriffe aufsagen, als wäre ich in der Schule. Tisch,

Kerze, Glas ... Oh Gott! Ich muss etwas anderes als Wörter finden!

Ich will Neues schreiben, nicht Erlerntes aufzählen, nicht einen Augenfunktionstest durchführen! Ich will schreiben, wie mein Herz die Umgebung wahrnimmt!

Gefühl ... Ich möchte Gefühle schreiben können!

Aber ... Worin kann ich sie fassen?! Das sind ja nie Worte oder Begriffe in meinem Herzen.

Ich möchte schreiben können, wie die Kerze!

Die Wörter müssten sich verzehren und Licht spenden.

Irgendwann werden sie verbraucht sein.

Die Wörter werden bleiben, solange ich's nicht schaffe, sie zu entzünden.

Ich möchte schreiben können, das Blatt mit Worten füllen, als würde ich ein Baguette mit Zutaten belegen!

Es muss ja nicht mal ausgewogene Ernährung sein.

Die Texte müssten so gut schmecken, dass man durch die Straßen geht, dran denkt und Appetit bekommt.

Man beißt hungrig rein, es schmeckt richtig gut und am Ende schließt man das Buch und ist satt.

Ich möchte schreiben, dass man es befühlen, riechen, schmecken kann, dass man es in den Arm nehmen und damit einschlafen möchte!

Ich möchte Tränen schreiben, Lachen beschreiben können.

Ich möchte, dass der Leser, wenn der Vorhang fällt, die Geschichte vorbei ist, noch lange vor dem geschlossenen Umschlag sitzt und dem Schlussakkord in sich lauscht.

Gestern Abend bin ich mir zufällig in Wilhelmshaven begegnet.

Freundliche Begrüßung und die üblichen Höflichkeiten:

„Oh, Hallo Leon! Na, wie gehts?"

„Keine Ahnung."

„Woher kommst du?"

„War im Kino: *Es war einmal in Amerika.*"

„Und, wars schön?"

„Weiß nicht."

„Was machst du jetzt?"

„Keine Ahnung."

Tja, auch gut vier Jahre nach dem Abitur war ich womöglich reif für die Hochschule, aber immer noch nicht fürs Leben. Wenn eine Frau willenlos und ergeben vor mir läge, würde ich mich willenlos und ergeben daneben legen.

Höchste Zeit, ein ernstes Wort mit mir zu reden:

„Sag mal! Was willst du eigentlich?"

„Ich weiß es nicht. Ich glaube nichts."

Oh, wenn ich nur nicht so verdammt ehrlich zu mir wäre!

Vielleicht sollte ich mir auch etwas vorgaukeln, wie die anderen:

„Ich will Spaß. Ich will mit zwei Frauen auf einmal schlafen. Ich will die Welt retten. Ich will Erfolg. Ich will der Größte sein."

Aber ich würde es mir ja doch nicht glauben.

Es ist keine Freude, mit jemandem zusammenzuleben, der ehrlich ist, wenn hinter dieser Ehrlichkeit keine Überzeugungen, Meinungen, Ideale, Wünsche oder Hoffnungen stehen.

Nur immer wieder das ehrliche Zugeben, dass man im Grund nur ein Nichts ist. Aalglatt, nicht weil man Opportunist ist, sondern einfach, weil man keinen Grund sieht, sich für irgendwas zu entscheiden und das womöglich erklären oder gar verteidigen zu müssen.

Eine unangreifbare, unnahbare Person, die ihre Ruhe haben will.

Man kann sich dem Nichts nicht nähern, oder wenn doch, wird man nichts finden.

Und die ehrliche Einsicht, dass man daran auch nichts ändern kann, ohne sich selbst zu verleugnen. Man ist halt als Nichts geboren.

„Ach Leon! Du bist ein hoffnungsloser Fall!"

„Ja."

„Nun widersprich doch wenigstens!"

„Nein, warum?"

„Hopeless ..."

23 Jahre lebe ich jetzt schon mit diesem Nichts zusammen und ich habe die Befürchtung, er wird auch die nächsten 23 Jahre ein Nichts bleiben.

Wir stehen vor dem Bahnhof.

Gehe ich noch zu McDonalds oder fahre ich nach Hause?

Statt irgendwelche Gründe für das eine oder andere zu suchen, mach ich einen neuen Vorschlag: Wie wäre es, wenn ich noch ein bisschen durch die Fußgängerzone schlendre, bis ich mich entschieden habe?

Ich gehe schweigend neben mir her.

Verzweifelt.

Ich habe keine Ahnung, wie ich mir helfen kann.

Dass schüchterne Männer – ja, okay, ich spreche von mir - die es am Pissoir nicht schaffen zu pinkeln, wenn ein anderer Mann neben ihnen steht, davon träumen, bei einem Porno, vor Kamera, vor vielen Männern und Frauen, einen hochzubekommen, womöglich bei einem flotten Dreier ... Ach je. Lass dir den Traum Leon, du wirst das Scheitern ja nie erfahren.

(Das Scheitern vor der Kamera - das auf der Toilette war gerade mal wieder, wie schon so oft, wie eigentlich immer, grandios.)

Ich bin fast immer woanders, als wo ich gerade bin.

Meistens denke ich an andere Menschen als die, die gerade um mich sind.

Falls ich überhaupt mal an Menschen denke – meist ja lieber an Landschaften, Geschichten, Musik.

Wenn ich ausnahmsweise konzentriert zuhöre in einem Gespräch, dann meist nebenbei schon mit dem Gedanken, wie und mit wem ich das gerade Gehörte später diskutiere oder umsetze.

Selten bin ich da, wo ich gerade bin.

Es gibt kein größeres Kompliment für mein Gegenüber, als dass ich hinterher sagen kann, dass ich während der Begegnung mit ihr/ihm die ganze Zeit bei ihr/ihm war.

Spontan fallen mir nur drei bis vier solche Begegnungen, gar Tage ein.

Beim Durchlesen meines Geschriebenen, das in der letzten Zeit zunehmend melancholisch wird, manchmal das Gefühl: Der Satz könnte von Fernando Pessoa sein.

Und obwohl es mir klar ist, dass das Vorhaben, dass ein Aushilfsschreiber wie ich sich ausgerechnet an einer Fortsetzung des besten Buches aller Zeiten, der Bibel aller Melancholiker, versucht, zum Scheitern verurteilt ist ... das erscheint mir meine Bestimmung.

Letztendlich: Scheitern würde ich auch an weniger ambitionierten Ideen, warum also nicht direkt am denkbar Unmöglichsten?

„Das Buch der Unruhe des Hilfsmelancholikers Leon Sersoa"

Der Titel ist zwar nicht originell, aber auch nicht gescheitert.

Und heute scheint mir ein guter Tag, die 111 Seiten des ersten Kapitels ohne wesentliche Unterbrechung niederzuschreiben.

Guter Tag? Sicherlich. Ich bin ja schon vor Ende des zweiten Bieres knülle.

Ausgeschlafen, aber völlig kaputt. Wenn die Batterie vollgeladen ist, aber trotzdem keinerlei Energie an das Gerät abgibt ... Sie entlädt sich still und wie mir scheint fast freudig, vergnügt, schadenfroh halt und schaut mich herausfordernd an: Na, du fette Sau! So tief, für dich zu arbeiten, werde ich nie wieder sinken ..."

Einzige Hoffnung: Die hübsche Bedienung ... die desinteressiert an mir und dem Rest der Welt an der anderen Ecke der Theke sitzend raucht.

Ich habe keine Ahnung, wo sich die Muse heute Abend rumtreibt. Sie ist mir keine Rechenschaft schuldig. Es wäre halt schön gewesen, wenn sie kurz vorbeigeschaut hätte. Sie müsste sich ja nicht mal zu mir setzen. Eine flüchtige Umarmung, ein Kuss auf die Wange gehaucht - Ich hätte Bibliotheken geschrieben.

Ohne sie - viele Buchstaben, die ich produziere, die aber keinerlei Motivation zeigen, zusammenzufinden, gar Formen und Geschichten zu bilden oder wenigstens zu der heute guten Musik aufreizend zu tanzen.

PS:
Die Bedienung hat kurz danach doch zu mir geschaut, mir ungefragt noch ein Bier gebracht, ein paar nette Worte gesagt und mich fröhlich angelächelt, als ich ging.

Ich kann mir das jetzt tagelang mehrmals erzählen. Es nützt nichts. Ich glaube mir nicht. Das Aufgeschriebene passt deutlich besser zu mir als die Realität.

-16-

Immer wieder diese Vorstellung, gut, genaugenommen eben das erste Mal, aber ab jetzt immer wieder diese Vorstellung:

Irgendwo hockt auf einem Zaunpfahl an einem einsamen, unbewirtschafteten Acker ein Mäusebussard und starrt trübselig über das flache Land:

Wie konnte das passieren?

Wieso kann ich nicht laufen; warum muss ich fliegen?

Wieso bin ich kein Mensch?

Ich hatte meine Wunschliste doch so detailliert ausgefüllt! Ich würde so gerne mit anderen sprechen, singen und lachen;

will Spaß und Unterhaltung, will laute, ausgelassene Menschen um mich. Stattdessen bin ich ein fliegender Einzelgänger.

Ach, wäre ich doch wenigstens ein Gänger! Ich bin ein Einzelhocker und Einzelflieger.

Was wäre das ein perfektes Leben als Mensch!

Zugegebenermaßen weiß ich nichts Genaues darüber, wie sie leben, wie sie ihr Essen jagen, wo sie schlafen, wie sie sich vermehren, aber es muss alles traumhaft sein, einfach dadurch, dass sie gehen können. Welch ein grandioses Gefühl von Bodenständigkeit und Schwerkraft muss das sein – diese Möglichkeiten, wenn ich meine Flügel für immer einklappen könnte und das angenehm beschwerte Leben eines Fußgängers führen dürfte.

Nie mehr die Mühen des Abhebens, die Gefahren der Landung und halt die unerträgliche Leichtigkeit des Seins.

Und diese verdammte Ruhe! Wie gerne wäre ich ständig unter lauten Menschen, mit lärmenden Maschinen um mich; wie gerne hätte ich einen mit Aufgaben vollgepackten Tag, statt ständig mit dieser Freiheit leben zu müssen, mich selbst immer wieder entscheiden zu müssen, was ich machen soll. Diese furchtbaren endlosen Weiten und Möglichkeiten in der Landschaft und im Leben ... Warum nur bin ich kein erhabener Mensch, sondern nur ein einfacher Vogel?

Wieder eine Maus da unten ... Igitt! Aber, nützt ja nix.

Wie furchtbar, alles schon mundgerecht serviert zu bekommen. Wie gerne würde ich einkaufen, kochen und spülen!

Was ist bloß falsch gelaufen? Ich spüre doch deutlich, dass das hier nicht meine Bestimmung ist. Ich weiß doch, was ich sein will!

Ob jetzt irgendwo ein Mensch hockt und auch das Gefühl hat, im falschen Körper gelandet zu sein? Ob er sich womöglich denkt, das wäre sein Leben gewesen? Kann es denn so mit sich allein zufriedene Lebewesen geben, die gar nicht unbedingt immer in Gesellschaft sein wollen, die froh wären, aus dem Trubel raus und nur für sich allein zu sein, und die diese furchtbare Freiheit und Weite womöglich schön fänden?

Sind wir verwechselt worden?

Ja.

So ist es. Hier sitzt der andere.

Ich schaue von der Terrasse des Forsthauses auf den schönen Möhnesee, über den ich gerne fliegen würde, schwebend, ohne wesentlichen Flügelschlag von der Staumauer bis zur Mündung. Freiheit, Aufwind, Schwerelosigkeit und Ruhe. Kein anderer Vogel will etwas von mir.

Hier, unter dreißig Menschen um mich, essend, trinkend und schwatzend; alle schwatzend, über extrem unwichtige Dinge, mit einer Leidenschaft, die im krassen Kontrast zu ihrer Belanglosigkeit steht. Keiner hört dem anderen wirklich zu. Was aufgrund der Belanglosigkeit sogar belustigend adäquat erscheint. Keiner sitzt einfach da und genießt die Aussicht auf den See, spürt die Sonne im Gefieder, bemerkt den Auftrieb, der ja da wäre, auch für uns.

Gut, es gibt auch Tröstendes, kleine Wiedergutmachungen des Schicksals, dem es peinlich ist, dass es uns verwechselt hat. Gerade bringt mir Daniel ein frisches Bier, vorgestern „Inception" im Kino. Überhaupt ... Es ist so, wie es ist und jetzt halt das Beste daraus machen. Ich setze den Kopfhörer auf, höre niemanden mehr um mich, stattdessen „I'll Keep You Safe" von *Sleeping at Last* und für wenige Minuten habe ich das Gefühl zu fliegen.

Heute gelesen: Beim Schlucken werden 54 Muskeln aktiviert. Bin somit eigentlich weniger in der Kneipe, eher im Fitness-Studio.

Es ist seit über einer Stunde unerträglich laut hier, das Bier schmeckt nicht mehr, die Bedienung redet laut und fast ununterbrochen mit einer unangenehmen Stimme unwichtiges Zeug und schreiben tue ich schon lange nichts Brauchbares mehr.

Warum mache ich weiter?

Keine Ahnung.

Halt genau wie im richtigen Leben ...

Ich schreibe hier nur Stuss, der niemanden interessiert. Doch selbst, wenn ich Hochwertiges schreiben könnte ... Auch das würde niemanden interessieren, weil ich uninteressant bin.

Ich bin wie eine Kerze in einem leeren Raum. Ich verzehre mich, aber ich spende niemandem Licht und Wärme, und mir selbst tut die Flamme nur weh.

Ich bin wie das Bier zu viel, das nur noch aus Imagegründen ausgetrunken und dann sofort heimlich wieder ausgekotzt wird. Ich habe mir viel, verdammt viel Mühe gegeben, gut zu schmecken, aber ich bin in die falsche Kehle geraten.

Noch schlimmer:

Ich stehe halb ausgetrunken rum.

Meine Besitzerin ist gegangen. Wahrscheinlich konnte sie einfach nicht mehr, aber ich werde halt nie das Gefühl loswerden, dass ich ihr nicht geschmeckt habe.

Ich stehe auf dem Tisch und starre in die Richtung, in die sie fortgeschwankt ist und merke, wie ich langsam schal werde.

Zwei andere Leute setzen sich an den Tisch und bestellen zwei Jever und beachten mich nicht. Ich versuche, noch mal hell zu strahlen, ein paar Bläschen steigen zu lassen, aber sie starren schon zum Zapfhahn.

Zwei meiner Kollegen kommen voll, frisch und prall an, und die Bedienung nimmt mich mit, ohne mich richtig anzusehen. Sie hat zwei Finger in mir, als wenn ich überhaupt keine Würde mehr hätte.

War denn alles umsonst?! Die lange Wartezeit im Fass, die Platzangst im Zapfhahn, das Leuchten, das Schimmern?

-18-

Anfang der Woche lag die Geschichte, die schon so lange in mir gärt, plötzlich klar, ausführlich und willig vor mir und zwinkerte mir zu. Sie wollte, und zwar jetzt sofort, langanhaltend (mindestens 100 Seiten), wild und zügellos geschrieben werden. Doch ich musste erst noch drei Arbeitstage hinter mich bringen.

Jetzt, wo ich endlich Zeit zum Schreiben habe, hockt sie beleidigt und verschlossen in der Ecke und würdigt mich keines Blickes.

Es wäre heute allerdings sowieso schwierig geworden, konzentriert etwas zu schreiben, weil hier neuerdings Fußballspiele live und laut übertragen werden.

Originalkommentar eben:

„Die Neuen haben ordentlich Stuhlgang gebracht."

Mag sein, dass der Reporter etwas anderes gesagt hat, aber ich habe es so verstanden und ich will gar nicht das Richtige wissen - Ich finde, besser kann man Einwechslungen bei Bayern München nicht kommentieren.

Was ich hier eigentlich schreibe, werde ich gerade gefragt. Ja. Die Frage habe ich mir auch schon oft gestellt. Befriedigend, wirklich überzeugend konnte ich sie weder ihm gerade noch mir jemals beantworten.

Andere singen vor sich hin, selten jemand so, dass man nebenhergehen und lauschen möchte; manche schimpfen vor sich hin, ob mit Grund oder ohne, wen interessiert das? Wen interessiert es, was ich hier vor mich hinschreibe?

Ich kann ja selbst nicht wirklich gut schreiben. Nicht, ohne dass die Muse mich gerade aktuell küsst ..., aber ich brabbel so vor mich hin, weil sie mich manchmal genau dann unauffällig streift, mir auf den Nacken küsst und so schnell verschwindet, dass ich sie nicht mehr sehen kann; auch wenn ich mich schnell umdrehe. Sie ist da, aber unfassbar. Aber dafür ist dann ja auch keine Zeit, weil dann schreibe ich, komme gar nicht mit und ärgere mich fast immer, dass ich ihr nicht gerecht werde, nicht schnell genug schreibe, nicht schön genug formuliere, von Rechtschreibung ganz zu schweigen.

Und doch kommt sie immer wieder zu mir. Irgendetwas muss ich richtig machen. Und das ist ja das viel Schönere und Spannendere, als wenn ich es verstehen würde. Das Mystische, Geheimnisvolle, das so die Fantasie anregende, was ja eine simple Tatsache, etwas einfach Erklärbares nie schaffen würde. Ich habe keine wirkliche Ahnung, was ich hier mache und warum es manchmal funktioniert und so oft nicht, keine Ahnung was ich tue, aber halt ... Es macht mir Spaß! Oft ja sogar an den Abenden, wo nichts wirklich Brauchbares bei rauskommt am meisten.

41

Einen kleinen Moment zu früh - Der mächtig angetrunkene und außergewöhnlich schlechtaussehende Gast hat die Bedienung eben gefragt:

„Morgen auch hier?"

„Ja."

„Das ist schön. Dann bis morgen. Tschö!"

„Tschö!"

Er wankt zur Tür, geht raus, die Tür ist noch nicht wieder zugefallen, da ertönt ihr schallendes Lachen.

Ich weiß nicht, ob es mit ihm zu tun hat, bin mir nicht sicher, ob er es noch gehört hat ... was ich weiß:

Desselbigengleichen fühle ich schon seit Jahrzehnten und es wird sich nie ändern lassen:

Genauso empfinde ich nach jedem Gespräch mit einer schönen Angehörigen des hübschen Geschlechts:

Ich bin gegangen und sie ist, wenn es gut läuft, still froh und erleichtert, dass ich weg bin. Oft dürfte es ein wildes Lästern mit den Freundinnen nach sich ziehen („Was glaubt er denn, wer er ist, was ich von ihm will; hat der schon mal in den Spiegel geschaut?") und sicher nicht zu selten ein schallendes, verächtliches Lachen, wenn ich außer Hörweite bin.

Selbstzufriedenheit, im Sinne von: Ich komme bestens mit mir allein zurecht, mag mich für mich, könnte es auf einer einsamen Insel mit mir aushalten. Selbstvertrauen im Sinne von: Ich kann mich durch fast alles durchimprovisieren - ausgeprägt.

Selbstbewusstsein im Sinne von: Ich wage zu hoffen, dass ich irgendwem, gerne einer hübschen, schönen, klugen Frau etwas bedeute; ihr, wenigstens im Ansatz irgendwie interessant oder gar attraktiv bin - da muss ich doch jetzt mal schallend lachen.

Ich weiß, dass das undankbar ist gegenüber einigen wenigen guten Freunden und Bedienungen, die mich wirklich mögen und das zu zeigen vermochten, aber es nützt nichts: Das bin ich, so festgelegt und unabänderbar wie sonst nur noch sehr wenig in meinem Leben. Spontan fällt mir nichts anderes ein.

Das schallende Lachen der richtigen Menschen, derer, die im Leben drinnen sind, die hierhergehören, die sich hier zuhause fühlen und nicht orientierungslos und ohne Begeisterung durch eine ihnen ewig fremde und unattraktive Gegend schleichen; ewig in der Anspannung, dass mich eine Ordnungskraft anspricht:

„Moment! Hallo! Sie! Lassen Sie sich mal genau ansehen! Nein. Nein! Sie gehören nicht hierher! Gehen Sie zurück!"

„Ich weiß nicht, wo ich herkomme. Ob es das, wo ich herkomme, wo ich hingehöre noch gibt, ob es es je gegeben hat ... Ich habe keine Ahnung."

„Egal. Hier können Sie nicht bleiben!"

-20-

Nicht das Gefühl, bisher irgendwas geschrieben zu haben - jedenfalls nichts Gutes.

Deutlich mehr Lust, jetzt Geschriebenes zu lesen, als zu schreiben. Ich bin gerne fertig.

Drei Kuchen fertig: Lecker! Das Backen: och nö ...

Hört sich nicht gerade euphorisch an, aber ich fühl mich in dieser Atmosphäre der Kneipe zuhause. Hier bin ich König, souverän, der Lieblingsgast jeder Bedienung.

Nichts Großes, nix zum stolz sein, aber immerhin eine relativ spärlich besetzte Nische, in der ich wirklich ein Experte, gar ein Profi bin. Kaum schlagbar würde ich sagen.

Mag sogar sein, dass Shakespeare, Frisch, Bukowski oder Hemingway oder wer immer von denen auch bei Alkohol und in Kneipen geschrieben hat, interessiert zu mir hinschauen. Vielleicht ist ja sogar etwas Geist von einem von denen in mich gefahren ...

Schöne Vorstellung, allerdings ein bisschen peinlich:

Da leben Hemingway, Shakespeare und Frisch in mir und hoffen, durch mich noch all das schreiben zu können, womit sie nicht fertig geworden waren und stattdessen: Halt ich - in die Gegend starren und von fertigen Büchern träumen.

Sorry, ihr Großen! Ich will doch nur spielen.

-21-

Auf dem Weg von der Arbeit mit Inbrunst „Streets Of London" mitgesungen und während der ersten Strophen dachte ich zwischendurch: Eigentlich geht es mir nicht schlecht, wo es doch so viele gibt, denen es wesentlich schlechter geht.

Ja, einige kurze Augenblicke fühlte ich mich glücklich und gesegnet und dann kam die letzte Zeile der letzten Strophe: „...and a world that doesn't care." und ich versuchte sie vergeblich passend ins Deutsche zu übersetzen.

„Die Welt interessiert sich einen Scheißdreck für dich!" kam mir bekannt und richtig vor, aber es fehlte die Anmut der englischen Version und nach fünf Minuten ständiger Wiederholung der nicht kehrenden Welt in meinem Kopf war ich stimmungsmäßig völlig am Boden. In diesem Augenblick ausgeschlossen, dass es irgendeinem armen Wicht in London schlechter gehen könnte als mir.

-22-

Ich wäre gern jemand anders, ohne dass ich bisher jemanden getroffen hätte, der ich lieber wäre als ich.

Es müsste jemand völlig anderes sein.

Morgen schicke ich mein Buch an zehn Verlage.

Sehr aufgeregt, aber noch mehr: schon resigniert.

Beim Lesen, auch des Exposés, das Gefühl:

Ich schicke Nacktfotos an Julia Roberts, in der Hoffnung, dass sie sich in mich verliebt und mich auswählt. Das Bäuchlein und das komische Gesicht werden sie schon nicht abschrecken. Sie wird die wahren Werte erkennen. Das, was mich so liebenswert macht ...

Schon klar, Leon.

Das Gefühl beim Öffnen des Briefkastens wie beim Blick auf die Lottozahlen: Ich weiß, dass es theoretisch möglich ist, aber es wird mir nicht passieren.

Ich bin zwar mit Worten gut, aber von Menschen habe ich keine Ahnung. Selbst von mir ja nur wenig. Ich kann nicht nur nichts vor meinem inneren Auge sehen, ich habe viele grundlegende Zusammenlebensregeln bis heute nicht verstanden, bei einigen nicht einmal mitbekommen, dass es sie überhaupt gibt. Ich bin von „Selbstverständlichkeiten" immer wieder völlig überrascht. So viele Leute, geliebte Menschen, die ich schon vor den Kopf gestoßen habe. Cidira fällt mir natürlich zuerst ein. Keine Ahnung was, aber ich nehme doch einfach mal an, dass ich irgendwas falsch gemacht habe.

Aber halt auch Menschen, mit denen ich jahrelang eine glückliche Freundschaft pflegte, von denen ich nie geglaubt hätte, dass man mal nicht Freund sein kann.

Und deswegen halt immer wieder die Angst: Ich kann nicht einfach sein, wie ich bin, sagen was ich denke, sonst mach ich alles kaputt. Sein, wer ich bin ... Fällt mir hauptsächlich ein: uninteressant sein.

Sagen, was ich denke – Keine Ahnung, wie das gehen soll. Wer denkt denn bei mir? Bin ich überhaupt noch in meinem Körper? Ich beobachte mich doch von außen, während innen die Vertretung geschickt mit Textbausteinen arbeitet. Ich funktioniere, aber nicht, weil der Chef wirklich noch an Bord ist. Autopilot? Steuerrad festgebunden? Oder jemand anderem übergeben?

Ich selbst? Eher nicht. Da ist niemand mehr.

Keine Lust mehr auf diese mühsame und wenig erfreuliche Existenz. Ich stehe schon am Bahnsteig und warte, dass ich abgeholt werde.

-23-

Wenn man meine Verzweiflung fotografieren könnte und die Bilder auf Zigarettenschachteln drucken würde – niemand würde mehr rauchen, niemand würde wagen, diese Schachteln zu berühren, aus Angst, in diese Untiefen, in dieses grausige Dunkel hinabgezogen zu werden.

Aber nicht nur, dass man sie nicht fotografieren kann, man kann sie auch nicht beschreiben. Es geht ja nicht darum, dass es mir schlecht geht, wo es gut gehen könnte. Mit schlecht und gut und hell und dunkel und fröhlich und trübsinnig hat es relativ wenig zu tun. Es ist etwas Existenzielles.

Vielleicht sowas wie der Aggregatzustand meines Gemütes. Da, wo vorher etwas Festes war, etwas, auf das ich bauen, mit dem ich sicher rechnen konnte, da ist jetzt etwas Weiches, womöglich teilweise schon Flüssiges; genaugenommen fehlt einiges, womöglich verdampft. Nein, das klingt zu spektakulär. Es ist einfach langsam, leise und unauffällig verdunstet.

Da war mal etwas.

Glückliche Abende am Tresen; Gefühl von Zuhause.

Selbst das Unfassbare war mal fest, für eine Zeit verlässlich.

Alles längst durch die Finger geronnen, eine Pfütze am Boden der Erinnerung.

Der große See, das stürmische Meer (ach, Ha!, vergiss es. Das war ich nie!), aber doch, wirklich: Der See, oder wenigstens hübsche Teich, der ich mal war. Es ist fast alles verdunstet. Langsam, aber sicher, in schönen und weniger schönen Sommern, habe ich mich aufgelöst. Da ist noch ein kleiner Tümpel. Da ist noch Wasser. Aber da ist kein Leben mehr und langsam kommt der ganze Müll zutage, der vorher unbemerkt auf dem Grunde lag, aber den Teich nach und nach vergiftete.

-24-

„Ich bin ich. Und so wie ich bin, ist es gut."

Meine Psychotherapeutin hat mir aufgegeben, diesen Satz mehrmals täglich laut auszusprechen, und tatsächlich erschien er mir eine Weile ein brauchbares Mantra für mich zu sein.

Inzwischen wieder der Überzeugung, dass vieles an mir, so wie ich bin, nicht gut, nicht zu meiner Zufriedenheit ist.

Wenn ich meine Verehrung, Dankbarkeit und Begeisterung für geliebte Personen freien Lauf ließe, offen, ungefiltert sagen würde, was ich denke und vor allem fühle ... Es ist zu viel!

Cidira war schon mit meiner stark gebremsten Begeisterung überfordert.

„Weniger ist manchmal mehr", sagte sie oft. Zum Beispiel wenn ich ihr Komplimente machte, wenn Freundinnen in der Nähe waren, die sich dadurch zurückgesetzt hätten fühlen können. Dann fühle sich das eigentlich Schöne für sie nicht gut an. Recht hatte sie wohl, aber ... Ich war doch schon zurückhaltend! Da war noch so viel mehr!

... da ist immer noch so viel mehr ...

Sie hat nur eine kleine, sanfte Welle der großen, heftigen Sturmflut in mir abbekommen.

Wenn ich wäre, wie ich wirklich bin; wenn ich immer sagen würde, was ich denke und fühle:

Ich würde 99,99% der Bevölkerung beleidigen oder zumindest vor den Kopf stoßen und die ganz, ganz wenigen, die mir am Herzen liegen, würden in Komplimenten und Freundschafts- bis Liebesbekundungen ertrinken.

Wenn ich wäre, wer ich bin, wäre ich sehr, sehr einsam.

Die Therapeutin meinte einmal beim Verabschieden, dass man mir anmerke, dass ich authentisch sei, dass das etwas sehr Positives sei.

Hat mich gefreut und berührt, aber ...:

Wenn ich, dieser sich dauernd zurückhaltende und von dem, was ihn wirklich bewegt, kaum etwas zu sagen Trauende, schon authentisch wirke, womöglich bin – wie viel noch verstellter, das Wichtige, die wirklichen Gefühle und Gedanken verbergender müssen denn dann die anderen sein?

Ich bin beunruhigt.

Apropos beunruhigt:

Ich hatte mir von meiner Psychotherapie eine Stabilisierung meiner Gefühle erhofft, dass ich nicht mehr so empfindlich bin, übersensibel gegenüber eigentlich leichter und/oder liebevoller Kritik zum Beispiel, stabiler Stand, Sicherheit, dass mich die Welt nicht mehr so mitnimmt ... stattdessen:

Ich habe mich aus dem Hafen rausgetraut, bin schon mitten auf dem Meer, erfrischender Wind, lebendiges Schaukeln ... und plötzlich umschlagend in angstmachenden, bedrohlichen Sturm und Übelkeit erregender Wellengang. Bla bla.

Ich bin sensibler als je zuvor, bekomme Positives wunderbar mit, es gibt mir mehr als vorher ... wunderbar! Aber das Schlechte (oder auch nur das vermeintlich Schlechte, z.B. liebevolle Kritik) haut mich noch stärker um als vorher.

Auch misslungene Sätze und Vergleiche nerven noch mehr als ohnehin schon immer.

Aus der Depression raus, die ja hauptsächlich ein Schutzpanzer ist, Gefühle abwehrt ... ein Erfolg?

Ist denn Gefühllosigkeit nicht womöglich die klügere und gesündere Lösung, wenn man begriffen hat, wie scheiße diese Welt, viele Menschen und das herrschende System ist, wie leidvoll Realität ist.

Wozu empfänglich für Gefühle werden, wenn die meistens frustrierend sind?

Wer bin ich?

Ich ist ein anderer.

Ich bin irgendetwas außerhalb von mir, dass meine Körperfunktion und die Welt um mich betrachtet, mäßig interessiert, nur wenig verstehend und nur selten mit Gefühl.

Es gibt ein paar wenige Menschen, die mich interessieren. Ich gehöre nicht dazu.

Ach doch, schon. Aber halt eher am Rande. Ein paar wenige wirklich, ein paar mehr am Rande und der allergrößte Teil der Menschen um mich herum: nicht einen Deut.

Kennen, wirklich kennen, gar begreifen tue ich niemanden; auch mich nicht.

Ich weiß, in den wacheren Phasen, was ich gerade fühlen müsste, wenn ich denn fühlen würde und mein Körper kann das oft sogar überzeugend nach außen darstellen.

Vielleicht weiß ich allerdings auch nur, was andere in bestimmten Situationen nach außen darstellen und was ich glaube, dass sie es fühlen.

Und dann gibt es diese wenigen kurzen Augenblicke im Leben, die so intensiv sind, wo ich auf einmal wirklich in mir bin und wirklich fühle und von denen ich wünschte, das wäre jetzt immer so. Es gefiele mir hier drinnen, wenn die äußeren Umstände so blieben, meistens halt, wenn der liebe Mensch auf diese Weise hier bei mir bliebe.

Ich kann es mir nicht erklären. Ich kann es kaum würdig in Worte fassen. Völlig aussichtslos, es dem Menschen, mit dem ich diesen Augenblick teilte und der mir ab da so unbeschreiblich viel bedeutet, meist für immer bedeutet, zu beschreiben. Mal abgesehen davon, dass ich bei allen anderen ja das Gefühl habe, sie sind immer in sich. Sie würden nicht mal die Grundlage dieser Sensation verstehen, die sie für mich sind. Wahrscheinlich fühlen die meisten Menschen dauernd etwas.

Vielleicht auch nicht. Ich weiß es nicht und bei den meisten interessiert es mich auch nicht.

Ich würde nur gerne diesen wenigen wertvollen Menschen sagen können, was sie mir bedeuten.

Dass sie es auf zauberhafte Weise schaffen, dass ich, der sich selbst völlig Fremde, für kurze Zeit an so etwas wie ein Zuhause glaube; wenigstens eine Ahnung davon bekommen habe, wie schön eine Welt sein könnte, in der es wirklich ein Zuhause gäbe.

-26-

Ich kann schreiben, wie ich will, die Schönheit neben mir beachtet mich einfach nicht, sondern hat nur Augen für ihren Lover.

Okay. Das ist ja auch eigentlich, wie es sein soll, schrabbert aber ein bisschen an meinem, nur fiktiv vorhandenen, Selbstvertrauen als Schriftsteller.

Ich schreibe halt, auch wenn das aktuell schwer zu akzeptieren ist, nicht mehr (Ha! Als wenn jemals) für die Jugend neben mir. Selbst als ich mit zwanzig Jahren mal selbst noch fast Jugend war, wirkte ich zu altklug. Jedenfalls: Ich schreibe für meine wenigen treuen Leser jetzt und für die vielen später (ab ca. 2100 n.Chr.), wenn ich berühmt sein werde.

Doch! Jetzt schaut sie endlich zu mir hin und in einem kurzen Moment der Selbsterkenntnis sehe ich die Situation vor mir:

Ein deutlich übergewichtiger, grauhaariger, ziemlich alter und auch sonst in allen Bereichen unattraktiver Mann, seine besten Jahre – die nicht wirklich gut waren - schon lange hinter sich, schaut die junge, lebensfrohe Blondine neben sich am Tresen an. Sie schaut zurück, für einen Moment überlegend: „Ist da etwas Interessantes, etwas Lohnendes?"

Nein.

Und sie geht, nachdem sie bezahlt hat, in die andere Richtung, nicht wissend, dass sie mal berühmt wird, als Selbsterkenntnismodul des aus Versehen irgendwann berühmten Schriftstellers.

Oh, weh. Das ist noch illusorischer, als dass sie mich beachtet hätte. Eine Ikone meiner Selbsterkenntnis - Wen außer mir sollte das interessieren?

Es ist meins, sind meine Träume ... mein Konjunktiv, wie es wäre, wenn ich interessant wäre ... Fasziniert starre ich auf meine Sicht der Dinge, die sonst niemand interessiert.

Fasziniert starre ich auf den Schluss dieses Satzes, von dem ich keine Ahnung mehr habe, was er aussagen sollte, was er im Zusammenhang bedeutete.

Nächtliches, betrunkenes Klavierspielen. Oft spiele ich geniale, wunderschöne Stücke, die ich am nächsten Tag nicht mehr erinnere und die Frau, die das Lied inspiriert hat, wird es niemals hören.

Als zöge meine vertonte Verliebtheit als Sternschnuppe kurz auf dieser Erde vorbei. Reiner Zufall (und halt sehr unwahrscheinlich), ob jemand (gar die Verursacherin) die Sternschnuppe sieht.

Glück, unglaublich großes, heißes Glück, das in Sekundenschnelle vorbeirast.

Da war etwas, etwas für uns beide, etwas, das wir gemeinsam hatten, ohne es gemeinsam zu erleben.

Versonnen starre ich noch Wochen später in den Nachthimmel und träume von einem winzigen gemeinsamen Augenblick.

Gelegentlich weiß ich die Sternschnuppe am nächsten Morgen noch. Einige spiele ich jetzt seit Jahren immer wieder.

Vertonte Sternschnuppen - die höchste Ehre, die einem Musiker zu Teil werden kann.

-27-

Die Welt dreht kräftig nach rechts ab, das gesellschaftliche und das meteorologische Klima verändern sich gefährlich und ich sitze hier, versuche immer noch etwas zu schreiben, was womöglich in 10, 30, 100, 500 Jahren jemand aus einem Bücherregal nimmt und liest und denkt: „Vielleicht ist ein bisschen Leon in mir?"

Na ja, eher: Eine hübsche Frau nimmt ein Buch von mir aus dem Regal und benutzt es als Untersetzer für ihr Glas Rotwein.

Kann ich das nie ernsthaft schreiben? Nein.

Jedenfalls: Die Welt steht am Abgrund und ich schreibe für zukünftige Jahrhunderte. Manchmal beneide ich mich um meinen Optimismus, der aber eigentlich nur Ignoranz ist.

Midlife-Crisis:

Dieser ungeheure Drang noch einmal aufzubrechen, die Weiten der Welt kennenzulernen, gar die Welt zum Positiven zu verändern - ohne auch nur die Kraft zu haben, aus dem Sessel aufzustehen.

Zwei hübsche Damen haben sich in meine Nähe gesetzt. Da muss ich, nachdem ich gerade angefangen hatte zu lesen, wieder etwas schreiben.

Nicht, dass ich etwas zu sagen hätte ...

Es gäbe eher unendlich viel, was man mal ausführlich beschweigen sollte.

Dieses Gefühl, dieses völlig ratlose und hilflose Gefühl, dass man etwas schreiben, etwas machen müsste, dass gerade etwas ganz furchtbar schief läuft ... aber was tun?

Selbst mit all den Möglichkeiten, die ich habe, Social Media und durchaus ein paar Freunde - was wirklich gegen den Rechtsruck, gegen den Abbau von Menschenrechten, gegen drohenden Faschismus machen? Ein paar Posts schreiben und teilen? Dadurch ändert sich ... exakt: nichts.

Die, die es erreicht, ticken wie ich. Die anderen lesen es nicht und wenn doch - sie wollen es nicht wissen. Diskutieren ist eine vergessene Sportart; jeder sucht in jedem Gespräch, beim Durchscrollen seiner Weltblase, nur nach Bestätigung seiner längst festgemauerten Meinung.

Was genau sollten denn die Menschen in den 30er Jahren machen? Wie das aufhalten? Ich wüsste ihnen keinen Rat zu geben, außer halt, was ich mache:

Im Umfeld Menschen anlächeln, kleine Gesten der Menschlichkeit, einen Tropfen Wärme auf den eiskalten, tiefgefrorenen Stein und wenn wir ganz viele Tropfen, wenn wir ein warmer Regen werden ... vielleicht ist da noch eine Chance.

Ich möchte schreiben können, dass die Welt einen Moment innehielt, dass sich alle kurz besinnen und merken, dass wir alle Fremde sind.

Ich möchte schreiben können, dass verkrustete Denkweisen und Weltbilder auseinanderbrechen, wieder frische Luft in Gehirne kommt und doch noch mal neues Denken entsteht, ausgerichtet an Mitmenschlichkeit und Nächstenliebe.

Wenn ich könnte, wenn es möglich wäre, würde ich schreiben, dass alle sich umarmen, zusammen „Imagine" singen und dann leben.

Aber das perfekte Lied ist schon geschrieben, viele weise und aufrüttelnde Texte wurden in den letzten Jahrhunderten geschrieben ... hat einer geholfen?

Ich möchte schweigen können, dass die ganze Welt auch in Schweigen verfiele, dass alle Hassreden, aller Waffenlärm verstummten.

Ich möchte schweigen können, dass sogenannte Experten und extrovertierte Verwandte nur noch von Dingen sprechen könnten, mit denen sie sich wirklich auskennen.

Diese plötzliche angenehme Stille. Diese zu erhoffende, dringend notwendige, Beachtung von den wenigen wirklichen Experten.

Alle Menschen müssten mehrere Tage lang schweigen, in die Gegend starren, diese wunderschöne Gegend, die wundervolle Erde endlich wahrnehmen, sich selber kennen und lieben lernen und dann, jeder an seinem Platz, leise und behutsam seinen Nachbarn begrüßen, seine Umgebung wahrnehmen und die Menschen, die Mitmenschen, offen und vorurteilslos kennenlernen.

Ohne Zweifel, das alles wäre ich gerne, täte ich gerne, aber woran ich schon seit einigen Minuten eigentlich nur denke:

Ich möchte mit Dir schweigen, am See sitzen, auf dem Steg, die Füße im Wasser. Den Freund an der Seite spüren und alles wäre gut. Trotz allem. Dann wäre alles gut!

Der Schlüssel zum Glück liegt immer nur im Kleinen, im Leisen, im persönlichen zwischen zwei Menschen.

Ich möchte schweigen können, dass alle Spinner die Klappe halten würden, weil Schweigen auf einmal cooler wäre ... dass alle selbstsicheren Menschen für eine Woche den Mund hielten und all die tiefen unsicheren Seelen mal in Ruhe ein paar wenige Sätze sagen könnten und gehört würden ... und ihre Weisheit würde in unumstößliche Gesetze gepresst und dann dürfen die anderen auch wieder etwas sagen, ohne dass sie alles kaputt machen könnten.

Fällt natürlich schwer, bei lauter Musik und ungefähr fünfzig Leuten um mich herum etwas zu Stille und Schweigen zu schreiben.

Wie im richtigen Leben. Dagegen anschreiben, anschweigen? Erscheint völlig aussichtslos und doch - dafür bin ich da. Das ist meine Bestimmung.

Mag sein, dass meine Bestimmung halt auch das Scheitern ist, aber als meiner Bestimmung nachkommend, als ich selbst gescheitert, wäre ein authentischeres Leben als so manches „erfolgreiche".

Das Entscheidende ist ja: Ob Scheitern oder Erfolg ist egal, viel wichtiger ist, mit wem!

Ich scheitre ja voller Vergnügen und mit einem zufriedenen Lächeln, wenn ich in der richtigen Mannschaft bin, die zwar verloren, aber viel schöner gespielt hat, eine Augenweide für die Zuschauer, Zuhörer, Leser.

Ich möchte eigentlich nicht schlafen mit den Frauen. Gut, das ist meistens auch schön und oft eine große Erinnerung, aber mein größtes Verlangen ist fast immer:

Ankuscheln, verstecken an ihrer Haut, in ihren Haaren, mich ergeben (ohne vorher gekämpft zu haben), mich an sie lehnen und gewärmt Stille genießen. Bloß nichts reden, außer vielleicht einem zustimmenden Seufzen, einem:

Ja, mir geht es auch wunderbar, jetzt, hier, mit dir, trotz all dem anderen, trotz Leben, Erde, Gesellschaft. Hier, mit dir, sonst nie, aber jetzt: alles gut. So, genauso, nur mit dir, hier, das wäre Leben, das wäre lohnendes, sorgloses, glückliches Leben. Das wäre ein leichtes Herz, eine ewig wärmende Sonne ohne jeglichen Brand, das wäre gelungen, ohne jegliche Einschränkung, sogar ohne, dass man, um das Gelungene zu beschreiben, auf weniger Gelungenes als Vergleich verweisen müsste.

Es wäre unrelativierbar, unanzweifelbar, und doch, letztendlich auch unbeschreiblich glücklich, schön, vollkommen.

Leben, um das ich mich immer wieder reißen würde.

Das wäre ewiges Leben, das kein Schreckgespenst, sondern Glück wäre.

PS:

Der Text eben ... Wie so oft am Anfang das Gefühl, gerade etwas Großes zu schreiben, etwas, was jemanden, womöglich vielen, später etwas bedeuten könnte.

Und dann, mitten im ergriffenen Schreiben, keine Ahnung mehr, wie der Satzanfang war, was ich noch gedacht hatte, wie der Satz, der Text, wenn schon nicht mehr genial werden, so doch wenigstens nicht ganz misslingen könnte, damit wenigstens etwas von dem im Ansatz Großen übrig geblieben sein möge, so dass womöglich irgendein Seelenverwandter, lieber noch natürlich eine Seelenverwandte, eine hübsche Seelenverwandte dies lesen möge und denken: Ja, genau das! Da hat er die Worte gefunden, die ich suchte, doch dann ist er gestolpert, aber das ist nicht schlimm – Ich helfe ihm jetzt auf.

Und dann schreibt sie den Gedanken richtig auf; so wie er mich kurz durchzuckt hat, ich ihn aber nicht behalten konnte und irgendein liebenswerter sensibler Engel mit Helfersyndrom bringt mir ihr Blatt auf meiner Wolke vorbei und sagt:

„Das hattest du gemeint, oder?"

Und ich werde staunend und ergriffen nicken und es wird leicht regnen.

-30-

Der gelungene Teil meines Selbstbewusstseins:

Ich wäre gern mein Freund. Ich finde meinen Humor, meinen Musikgeschmack genial. Wenn ich bei irgendjemand meine Timeline bei Facebook sähe, ich wüsste: Das ist ein sehr naher Seelenverwandter.

Ich bin, wie ich sein will, stimmig ... bloß halt am falschen Platz, auf dem falschen Planeten, im vollen Bewusstsein, dass ich hier niemanden beeindrucke, nicht der Held bin, der ich in der richtigen Umgebung wäre.

Ich bin ein Genie, in meinem Gebiet, aber halt für ein anderes Gebiet eingeteilt.

Doch das ist das Schöne am Gott sein, also Schriftsteller halt: Die Menschen und sonstigen Lebewesen erschaffen, die

Welt, in die ich eigentlich gehöre, die Ichs, die in diesen Welten die Helden sind, gerne immer nur für eine Person und dann bin ich doch auf einmal wieder in der richtigen Welt. Held bin ich ja auch hier, wenn auch nur für zwei bis drei Menschen.

Bedienung, der ich ein Buch von mir verkauft habe:

„Ich werde aber nicht direkt zum Lesen kommen. Also nicht gleich beim nächsten Mal eine Rückmeldung erwarten."

Autor: „Das ist auch gut so. Wenn der Koch mehrere Jahre für ein Gericht benötigt hat, will er doch nicht, dass man es sofort, schnell und flüchtig verschlingt. Genieße es ganz in Ruhe, wenn du Zeit und eine offene Seele hast."

Aus dem großen - meinem umfangreichsten - Buch:

„Dialoge und Anekdoten, die so (leider) nie stattgefunden haben"

Ich weiß ja nicht mal ihre zwei Sätze noch genau. Was ich sagte, überhaupt nicht mehr und die Erwiderung, die mir kurz danach auf der Toilette einfiel und die ich da noch relativ gelungen und cool fand, erscheint mir nun, ausformuliert hingeschrieben, noch peinlicher als – was auch immer – ich wirklich gesagt habe.

Dabei völlig darüber im Klaren, dass all das, selbst wenn mir eine gelungene Antwort spontan eingefallen wäre und mir auch jetzt noch gefiele, ja niemanden, nicht mal die Bedienung, interessiert.

Mich ja auch nicht. Und doch spüre ich deutlich, dass da immer noch mehrere Mitarbeiter in mir, die sich eigentlich mit meinem nächsten Buch beschäftigen sollten, auf der Suche nach einer perfekten Antwort für diesen völlig unwesentlichen Augenblick sind.

Ich fechte schon seit Ewigkeiten irgendwelche unwichtigen Kämpfe in unwesentlichem Alltag aus, schlage seit Jahrzehnten nach Insekten um mich, verscheuche kleine Mäuse aus meiner Umgebung und der wahre, der große, der entscheidende Gegner, der, für den ich eigentlich bestimmt war, sieht mich immer ungläubiger an, weiterhin vergeblich darauf wartend, dass ich den Kampf gegen ihn eröffne, genaugenommen inzwischen ja, dass ich ihn endlich wahrnehme, noch genauer genommen wartet er auch nicht mehr wirklich; er glaubt nicht mehr dran, dass ich endlich irgendwann loslege. Er ist enttäuscht und gelangweilt, wird müde und so werde ich den haushoch überlegenen Gegner womöglich tatsächlich besiegen:

Er ist aus Langeweile und Frust über meine Unfähigkeit eingeschlafen.

Keine Ahnung mehr, was ich hier schreibe.

Dieser Abend nähert sich seiner Erlösung. Durchaus passend zum momentanen Leben.

Das Gefühl, dass da Gutes dabei ist, bei dem Geschriebenen, aber das Schreiben heute Abend hat nie Leichtigkeit erreicht. Ich habe mehr als Autor funktioniert, als dass ich inspiriert, voller Freude und Leichtigkeit, mit Begeisterung, glücklich vor mich hingeschrieben hätte. Und wenn noch so viel Brauchbares dabei rauskäme:

Ich will nie gut funktionieren als Schriftsteller, nie nur konstruktiv und konzentriert meine Bücher vervollständigen hier. Ich will kämpfen um die Sätze und Worte, will auf die Geschichte einschlagen, will Müll produzierten, aus dem ich dann die wenigen glitzernden Diamanten raussuche und zu einem wahren Schmuckstück zusammensetze, ich will ohne Sinn und Verstand und Vernunft um mich schlagen mit Worten, ich will leicht irre dabei aussehen und doch in all dem Kampf: voller

Liebe und Respekt für den Gegner. Wir müssen unseren „Kampf" immer wieder unterbrechen, wegen Lachkrampf oder um uns zu umarmen.

Am Ende müssen Geschichte und Autor viele blaue Flecken, womöglich auch Narben und eine leicht angeschlagene Leber haben. Nur so ist es eine wahre, eine authentische Geschichte. Bücher schreibe ich nicht, ich erkämpfe sie. Die Geschichte lässt sich erst schreiben, wenn sie besiegt, erobert wurde.

-31-

Kirchen und Kneipe. Ich kenne mich aus, es gibt niemand Souveräneren als mich, ich kann jeden um den Finger wickeln. Glauben tu ich an beides nicht mehr.

An Gefühle glaube ich und da bin ich auch nach Jahrzehnten Erfahrung immer noch Anfänger, ein immer wieder scheiternder Amateur. Unzählige Male in der ersten oder zweiten Runde ausgeschieden.

Ich spiele für die Galerie. Mag es ein paar wenige Zuschauer geben, die für mein schönes, einfallsreiches, aber leider völlig erfolgloses Spiel schwärmen ... Das meiste erfährt man ja nicht.

Zukunft ist nicht meins.

Vergangenheit kann ich sehr gut, da lebe ich überwiegend. Von guter Vergangenheit lebe ich, durch gute Erinnerungen, die mir noch heute Kraft geben, überlebe ich.

Was ich immerhin gelernt habe: Gegenwart zulassen. Fast nie selbst gestalten, aber immerhin zulassen, wenn etwas Gutes passiert in der Gegenwart, wenn Muse oder Leben mich kurz leidenschaftlich küssen, bereit zu sein, bereit, eine neue Vergangenheit, eine neue kraftgebende oder gar lebensrettende Erinnerung zu erleben.

Die Zukunft in Angriff nehmen, planen, dadurch Gegenwart herauszufordern oder zu verlängern ... nicht meins.

Ich bin Vergangenheit, kann Gegenwart passieren lassen, Zukunft ist ein völlig dunkler, auch im Gedanken nicht begehbarer Raum.

Es gibt wundervolle Abende, voll kreativer Melancholie: Texte kommen, gelesene Texte schmecken, die passende tragische Musik, traurig-romantische Filme - wunderschön! Und dann so destruktive Melancholie, tiefe, schwarze, nein graue Melancholie wie heute. Nicht mal Pessoa will schmecken, Musik tröstet nicht, geschweige denn, dass sie gefällt.

Ich will meine Ruhe und wenn ich sie habe, laufe ich unruhig in ihr hin und her.

Kein Zuhause, nirgends.

Habe eben – nachdem ich durch meinen Nachbarn unterbrochen wurde – versucht, durchzulesen, was ich vorher geschrieben habe und mich zu erinnern, ob es schon fertig sei. Ich habe den Text nicht verstanden, konnte auch nicht alles lesen und habe einfach mal, in der Hoffnung, es sei ein abgeschlossener, gerne genialer Gedanke gewesen, einen Strich darunter gemacht.

Wahrscheinlich werde ich so auch irgendwann einen Schlussstrich unter mein Leben setzen - zurückblickend nicht sicher, ob es abgeschlossen oder sogar gelungen oder gar ..., ach ..., genial gewesen sein mag.

„Fühl mich leer und verbraucht, alles tut weh." – ein See-
lenohrwurm seit Wochen, oft nur leise, heute wieder sehr laut.

Gut, dass der Bauch chronisch so überfüllt ist, dass keine
Flugzeuge reinpassen.

Ich sitze am Tisch, das Blatt mir gegenüber; doch ich habe
ihm nichts zu sagen.

Ich starre aus dem Fenster auf die Straße. Leute gehen vorbei. Manche starren mich kurz an und denken sich ihren Teil.
Ich denke nicht, ich starre nur.

Ab und zu trinke ich etwas Bier und schaue das Blatt an, das
blass aussieht.

Ich weiß nicht, was es von mir erwartet hat, aber es ist
offensichtlich, dass ich es enttäuscht habe. Was soll's? Mir ist
das momentan egal, ich habe genug mit mir zu tun.

(Ehrlich? Was denn?)

Was tut das Blatt für mich? Es merkt sich akribisch alles,
was ich schreibe und wirft es mir dann am nächsten Tag, wenn
ich wieder nüchtern bin, an den Kopf und schaut mich verächtlich an. Tolle Beziehung das.

Manchmal große Lust, das Blatt zu zerfetzen, zerreißen, in
tausend Winde zu zerstreuen, qualvoll verbrennen. Ist mir peinlich, aber es ist so: Ich könnte es umbringen.

Manchmal auch der Wunsch Analphabet zu sein und nur davon zu träumen, dass ich schreiben könnte. Im Traum wäre es
einfacher.

Am Anfang sind meine Gedanken völlig klar, aber wenn ich
sie niederschreibe, zerfällt alles.

Ich schaue auf den ruhigen, glatten, weiten See und alles ist klar und wahr. Im deutlichen Spiegelbild erkenne ich mich.

Ich versuche, den Augenblick festzuhalten, greife in den See und alles verschwimmt.

Ich könnte mich sogar in den See hineinstürzen. Ich würde mich nicht wiederfinden.

Ein großer Teil vom Buch meines Lebens ist geschrieben. Es ist so dermaßen langweilig und doof bis jetzt, dass ich kaum glaube, dass noch jemand mitliest.

So fehlt mir die rechte Motivation, jetzt noch etwas Vernünftiges zu schreiben.

Was nützt der schönste Schluss, womöglich sogar ein gelungenes Happy End, wenn niemand mehr im Kino ist?

-33-

Ich treibe mich gerne in meiner Vergangenheit rum. Sie ist zwar nicht wesentlich besser als die Gegenwart, aber ich habe Ruhe; keiner will etwas von mir.

Selbst wenn ich mich an die wenigen Ereignisse erinnere, bei denen ich von einer großen Menschenmenge umgeben war, zum Beispiel die Verleihung des Abiturzeugnisses – wie unwohl habe ich mich damals gefühlt in dieser lauten und fröhlichen Menge, wie fremd. Wenn ich jetzt an diesen Ort zurückgehe, dann sind dort noch all diese Menschen, aber sie sind still, keiner tut etwas, was ich nicht will, keiner spricht, solange ich es nicht, als Herrscher meiner Erinnerung, zulasse. Ich gehe gelassen durch die vollbesetzten Reihen nach vorne auf die Bühne, nehme meinem sprach- und bewegungslosen Direktor das Zeugnis aus der Hand und gehe wieder, diesmal ohne das Gefühl, dass tausend Menschen mich anstarren und tuscheln und insbesondere, ohne dass sie lachen, als ich die letzten drei Stufen runterfalle.

Der größte Teil meiner Vergangenheit ist allerdings nicht eine so oft betretene und gut gepflegte Landschaft, sondern ein völlig mit Gras und Unkraut überwucherte Fläche, bei der ich kaum noch erkennen kann, was da wirklich geschehen ist damals. Wobei ich ja auch nicht sagen kann, dass viel in meinem Leben passiert ist, was es wert gewesen wäre, dass man die Erinnerung vor dem Überwuchern bewahrt.

Es sind ein paar Dutzend Plätze, bei denen das Unkraut keine Chance hat zu gedeihen, weil ich mich fast täglich dort herumtreibe. Die Erinnerungen stehen klar vor mir – sie müssen nicht unbedingt wirklich so geschehen sein – ich richte mir meine Erinnerung ja doch ein bisschen ein, hübsche sie auf, denn ihnen allen ist gemeinsam:

Ich bin dort der allein Lebendige, der die Situation formen kann, der sie beherrscht und seien noch so machtvolle Personen mit an diesem Ort. Sie alle können nichts ändern, sie bleiben, wie sie damals waren. Nur ich kann sie verändern, ihnen ein anderes Verhalten vorschreiben.

Ich mag meine Vergangenheit. Nicht die Gewesene, aber meine Umgeträumte.

Eine Ausnahme gibt es:

Meine Erinnerung an Cidira. Auch wenn ich heute noch mal dorthin zurückgehe, zu den wenigen Wochen, die wir hatten – es geschieht nie etwas Neues. Ich erlebe sie immer wieder genau so, wie sie waren, voller Spannung, voller Wärme und Geborgenheit und voller unerfüllter Wünsche und Begierde.

Ich bin nicht Herr dieser Erinnerung. Ich habe sie anfangs einige Male versucht zu verändern, uns ein gemeinsames Leben ein langwährendes Glück zu erdenken, aber es ist mir nie gelungen. Es hat ein bisschen gedauert, bis ich gemerkt habe, was der Unterschied ist:

Cidira ist auch heute noch da. Auch sie kehrt immer wieder an unseren gemeinsamen Ort zurück, auch ihr ist er ein geheiligter Platz. Sie hat ihn sogar ein bisschen umdekoriert, ein Kissen auf den Steg gelegt, auf dem sie jetzt sitzt, nicht wie damals auf dem kalten feuchten Holz, als wir uns an den See setzten und die Füße ins Wasser baumeln ließen.

Du bist da. Und auch du möchtest es noch einmal so erleben, wie es war – unvollständig, ein Bruchstück nur, aber ein Bruchstück des Großen, des einzig Wichtigen.

Du bist da. Ich spüre dich neben mir auf dem Steg. Und so ist diese Vergangenheit so anders als all die anderen, kein Echo, kein blasser Erinnerungsschimmer, wir sind wirklich da. Es ist Gegenwart in meinem Herz und Kopf.

Du lächelst mich an und ich spüre keine Erinnerung, sondern eine gegenwärtige Wärme und zeitloses Glück.

Ich umarme dich und lege meinen Kopf in deinen Schoß. Du streichelst mir, so viele Jahre jetzt schon täglich und doch jedes Mal überraschend neu, durch die Haare und ich habe wieder dieses Gefühl, dass dieser Augenblick schmilzt. Er wird flüssig, fließt in mein Herz, wo er abkühlt und hart und unzerstörbar wird. Nein, nie abkühlt. Hart auch nicht. Weich, warm und angenehm. Aber unzerstörbar.

Da, in diesem Augenblick, mit dir, das war mein Leben. All die Jahre drumherum, mein restliches Existieren, ist mir fremd und unbedeutend.

Man hat nur dieses eine Leben mit seinen Milliarden Möglichkeiten, von denen man höchstens hundert ausprobieren kann; doch statt immer wieder Neues zu suchen, sehnt man sich die meiste Zeit nach zwei bis drei wirklich gelungenen Augenblicken zurück und versucht vergeblich, sie zu wiederholen.

-34-

In Stunden wirklicher Verzweiflung lese ich mir mein pseudodepressives Geschreibe durch und es sagt mir nichts. Phrasen bestenfalls, manchmal immerhin etwas streifend, aber nicht das Gefühl, dass da etwas über mich steht.

Und dann lese ich Fernando Pessoa und weiß, da war einst ein verzweifelter Mensch wie ich und er konnte es ausdrücken. Da finde ich mich wieder. Da fühle ich mich Zuhause und verstanden.

In dem, was ich schreibe, spüre ich den Amateur, der Banause, der keine Ahnung davon hat, wie es mir wirklich geht oder halt keine Ausdrucksmöglichkeit dafür hat, keine Befähigung zu treffendem Schreiben. Ein mittelmäßig begabter Plagiator.

Von Pessoa fühle ich mich verstanden. Von mir selbst nicht. Verwirrend.

Manchmal komme ich mir vor wie eine Fliege, die unaufhörlich gegen die Fensterscheibe fliegt, weil sie das Licht sieht.

Ich weiß nicht, ob es für mich einen Durchschlupf, eine offene Tür, ein gekipptes Fenster gibt.

Ich weiß nicht, was das Licht ist.

Ich weiß nur, dass mich etwas anzieht, dass ich die Wärme gespürt habe, dass ich aber irgendwo immer an eine Grenze stoße und dass es wehtut ...

... und dass ich noch nicht entscheidend weitergekommen bin.

Depression. Ich weiß das. Doch ich will gar nichts gegen sie tun. Sie ist ein lang erwarteter Gast. Sie passt perfekt in mein Umfeld. Kein Wunder, dass sie sich gleich zuhause fühlt.

Sie hat es sich gemütlich gemacht und ich laufe etwas hektisch durch die Gegend und räume all das, was hier noch unordentlich und unpassend rumliegt weg: Glück, Freude, Musik, Freunde, Engagement. Ich weiß nicht, ob ich je noch eine Lesung schaffen, ein Wort im Rat sagen oder gar im Hospiz helfen werde. Sitzen, Saufen und Frust schreiben ... das geht noch, mit Mühe ... für eine Weile ... auch das wird verebben ... Ich werde verebben ... Ic... ... .

-35-

„Die Welt ist schön!", singt jemand über die Lautsprecher.

Ich schau mich in der Kneipe um ... Stimmt schon. Leckeres Bier im Glas, auf der in schönen Brauntönen gestalteten Theke, eine hübsche und faszinierende Bedienung und angenehme Temperatur in einem trockenen Raum.

Mir geht es besser als vielen Milliarden Menschen um mich und doch: Ich kann mir, auch mit Mühe, nicht vorstellen, dass es noch zehn weitere Menschen auf der Welt gibt, die in diesem Moment ein ähnlich ausgedehnte und intensive Leere in sich fühlen, die eine Verzweiflung in sich wissen, das Vorbeben spüren ... vor dem Ausbruch des größten real existierenden Verzweiflungsvulkans der Welt.

Und gleichzeitig, obwohl ich das ja wirklich so fühle, tiefe Verachtung in mir für mich, weil ich glaube zu wissen, dass das alles nur melodramatischer Wohlstandsquatsch ist. Nicht gekonntes Gejammer auf niedrigem Niveau der Sprache, während ich selbst in Saus und Braus lebe, sowohl was Wohlstand (in Vergleich zu sehr, sehr vielen) betrifft, als auch von Liebe, Freundschaft und positiven Rückmeldungen überhäuft.

Keine Ahnung mehr, wie der Satz anfing, ob er zu Ende ist, dafür viel Ahnung davon, wie ich am Ende bin, wie unendlich die Leere in mir schimmert, irgendwo sehr weit unten, in einer Tiefe, die ich mir nie zugetraut hätte.

Endloses Fallen - die zweite Horrorversion neben lebendig in engstem Raum begraben zu sein.

-36-

Ich schreibe nüchtern los, stockend, wenig inhaltvoll und inspiriert, es liest sich im besten Fall nicht langweilig, aber gekünstelt.

Dann, nach zwei Bier werden die Gedanken im Kopf und auf dem Papier flüssiger, die Muse tanzt und ich komme kaum hinterher mit Schreiben und staune über Phrasen und funkensprühende Sätze, lebendige Geschichten, ein kurzer leichter Rausch.

Und dann kommt der schwere Rausch. Die Gedanken trüben ein, die Worte stolpern, verirren sich in Nebensätzen und finden nicht mehr zurück.

Ich merke, dass das Schreiben nicht mehr gelingt, dass das Bier nicht mehr wirklich schmeckt, mir mehr und mehr schwindelig bis schlecht wird, ich meine Schrift nicht mehr lesen kann. Ich ahne den genervt abtippenden Schriftsteller und den Kopf des Herrn Sersoa am nächsten Morgen, aber ich trinke weiter, ich schreibe weiter.

Meine Bedenken, mein Wissen interessiert mich nicht. Vorher gute Vorsätze fassen, habe ich längst aufgegeben; sie haben mich ja in diesen Phasen dann doch nie interessiert.

Ich schreibe weiter, ich trinke weiter, ohne Sinn, ohne Verstand, ohne Inspiration, ohne Genuss ..., aus Trotz?

Oder nur aufgrund der fehlenden Alternative? Alles andere, was ich jetzt machen könnte, würde auch nicht gelingen.

Mein Gefühlsleben folgt dem gleichen Schema.

Ich weiß den Übergang von der kreativen Melancholie zur destruktiven Depression. Meist wäre da mit Gegensteuern noch etwas zu machen, aber es zieht mich an, der Sog eines Strudels, ich kenne die Gefahr, weiß den zerstörerischen Wasserfall, dem ich nicht mehr entkommen werde, wenn ich jetzt nicht in die andere Richtung oder ans Ufer schwimme, was momentan noch ohne große Anstrengung möglich wäre, aber ich lasse mich treiben, mit einem Hauch von Faszination für die zu erwartenden Katastrophe.

Ich weiß den Schmerz; ich weiß das auf Dauer Zerstörerische für Gesundheit und Beziehungen, aber ... ach, was soll ich denn am Ufer, in Sicherheit? Wäre da etwas Erfreuliches? Die kleine Anstrengung, jetzt gegenzusteuern ist mir zu viel, trotz des Wissens, dass das Wiederaufstehen nach dem Wasserfall viel anstrengender ist. Ich verstehe mich nie wirklich gut, aber in manchen Dingen noch weniger als sonst.

Ich an sich, interessiert mich nicht. Halt genauso wenig wie (fast) alle anderen.

Cidira interessierte mich und sie interessiere sich für mich und für wenige kurze Momente oder Phasen interessierte ich mich dadurch tatsächlich auch kurz für mich. Ich bin ja auch durchaus etwas Besonderes, nicht alltäglich, selten im positiven Bereich besonders, aber ... es gibt Faszinierendes an mir zu entdecken. Ich spüre das Faszinierende, aber es fasziniert mich nicht wirklich selbst, ich bin nur freudig überrascht, etwas zu zeigen zu haben, den wenigen Menschen, die mich wirklich faszinieren und im besten Fall verzaubern.

Eigentlich fortgeschritten depressiv, mit manchmal leicht suizidalen Tendenzen, deswegen auch die Affinität für den zerstörerischen Wasserfall.

Aber da sind halt noch diese drei bis vier Feen, die mich küssen, verzaubern, wach halten, ab und zu sogar Sonne und Wärme geben, aber vor allem, die mich tragen und auffangen, wenn ich mal wieder über die Klippe schnelle und in die strudelnde Tiefe stürze.

Anders als mit verzaubernden geflügelten Fabelwesen ist es nicht zu erklären, dass ich noch nicht zu Tode gestürzt bin. Aus mir heraus ist da kein ernsthafter Schutz.

„Von guten Mächten wunderbar geborgen" - das Lied hat mich immer fasziniert, war immer meins. Jetzt erst verstehe ich die wirkliche Bedeutung.

Das Lustige/Faszinierende, eher Ironische, alles nicht treffend, egal, jedenfalls:

Es ist komplette Instabilität, in der ich lebe und doch: Dadurch, dass ich schon so lange in ihr lebe und überlebt habe, fühlt es sich stabil an; dadurch, dass ich bisher immer von engelhaften Wesen aufgefangen wurde, wenn ich fiel, habe ich das irrige, aber schöne Gefühl eines sicheren Ganges.

„Ich bin hier falsch. Ich war für etwas anderes bestimmt."
„Ich weiß. Deine zärtliche, sensible und wunderschöne Seele war für den Körper eines der sieben geplanten Einhörner gedacht. Doch leider wurden die, nachdem ein Unternehmensberater von der Produktion abgeraten hatte (aufgrund der fehlenden Wirtschaftlichkeit eines solchen Nischenprodukts), gar nicht erst hergestellt. Deine Seele war zu schade zum Wegschmeißen und so wurde sie in diesen Körper hier gesteckt. Wahrlich keine schlechte Wahl ..., aber dass sich deine Seele nie heimisch fühlen wird in diesem Leben - wer will es ihr verdenken?"

-37-

Selbst wenn ich es ausdrücken, gelungen und für andere nachvollziehbar hinschreiben könnte, wenn ich Wörter finden würde, die das beschreiben könnten, was ich fühle, was mich zerfrisst ... Wen sollte es interessieren?

Was macht es für einen Unterschied, ob ein unwichtiger Gedanke eines unwichtigen Menschen gelungen niedergeschrieben wurde oder nicht?

Der gleiche Unterschied wie ob ich mein Bier lange und versonnen anschaue, die Flüssigkeit liebevoll ein wenig schwenke, bevor ich das Glas an den Mund setze, ob ich weiß, wie das Bier zusammengesetzt ist und wie es in meinem Körper verwertet wird und es dann endlich, völlig bewusst und genussvoll trinke oder ob ich einfach, wie meistens, nicht hinsehend nach dem Glas greife und ohne jeglichen Gedanken und oft mit geschlossenen Augen den Schluck trinke.

Die Wirkung bleibt die gleiche.

Die fehlende Wirkung meines Schreibens wird auch immer die gleiche bleiben.

... und zum Schluss wird alles unbeachtet in der Sickergrube des Lebens sein Ende finden ...

-38-

Wenn ich auf mein Leben zurückschaue, dann ist da Vergangenheit, stattgefundene Vergangenheit. Das ist mein Leben. Doch wenn ich genauer hinschaue, dann ist da zwar ein Weg, den ich gegangen bin. Eine dünne Linie von meiner Geburt bis heute und doch ist all das um diese Linie, das große weite Feld zu beiden Seiten, die vielen Abzweigungen, die ich nie betreten habe, all die Hauptwege, die ich an irgendeiner Lebenskreuzung auch hätte nehmen können und die im Nichts verschwanden. So vieles da war mein Leben, wäre mein Leben gewesen, schien nur für mich da zu liegen und ich habe es nicht genutzt.

Der größte Teil meiner Vergangenheit besteht nicht aus Gelebtem, sondern aus Konjunktiv.

Ich hatte vor Cidira katastrophale Monate und das durch sie für ein paar Wochen vergessen. Es schien noch einmal ein Trailer auf das volle Leben, auf Glück und Freude und Motivation. Als käme da doch noch einmal etwas für mich.

Aber es war mir nicht als Vorschau geschickt, sondern als Verdeutlichung:

Leon, das spannende Leben, das wo noch alles möglich war, das ist gewesen, das ist Vergangenheit.

Genaugenommen war es nie für dich da. Das volle Leben. Es war immer nur der Wunsch da. Der Wunsch so viel mehr als dein gelebtes Leben.

Deine Bestimmung, dein stärkstes Verlangen ausleben: Andere mit Zärtlichkeiten glücklich machen, war immer nur ein Konjunktiv. Du wurdest nie gebraucht. Du fandest nicht statt. Du bist vorbei.

Vergiss es!

Du gehörst nicht zu denen, über deren Meldung sich gefreut wird. Du bist ein Werkzeug im Werkzeugkasten, das man rausholt, wenn man es braucht, dann auch sehr schätzt, aber danach ohne Abschiedsschmerz zurücklegt. Wenn man keinen weiteren Defekt hat, wirst du nicht mehr gebraucht.

Du bist kein geliebtes Kissen für die Couch, kein Bild für das Wohnzimmer, nichts was man jeden Tag sehen will, und leider auch nichts, was man an sich drückt, wenn man wirklich traurig ist.

Du bist nützlich, vielleicht gemocht. Das muss reichen.

-39-

Leuchtturm sein, selber Not! – Für die Langfassung habe ich gerade keine Kraft mehr.

Was bleibt? Nüx.

Wenn das Aufschreiben wenigstens nutzen würde.

Das Blatt, das Schreiben war einst ein sehr wirksames Heilmittel für mich, doch nun bin ich resistent geworden. Es wirkt nicht mehr. Ich weiß kein anderes Mittel. Im Bier ersäufen? Selbst das hört sich für mich zu anstrengend an. Dafür bräuchte es Willen.

Das Leben ist im Wesentlichen vorbei, die Schlussmusik (End Credits aus *Rainman*) setzt schon ein, ein paar ruhige, uninspirierte Kameraschwenke über die Schlusslandschaft, über die extrem uninteressante und leblose Schlusslandschaft meines Lebens. Der Held, hach, Held? Schön wär's. Der Hauptdarsteller sitzt oder liegt oder geht - bei allem wirkt er so leblos, dass der Betrachter nicht sicher ist, ober er nicht doch schon tot ist, es bloß noch nicht bemerkt hat oder halt nicht wahrhaben will.

-40-

Angefangen „Kolonien der Liebe" zu lesen. Wunderbar. Auch beim zehnten Lesen noch meins ... und doch:

Nach zehn Seiten fallen das erste Mal die Augen zu, die Gedanken waren schon früher zunehmend im Abschweifen begriffen.

Das Buch erzählt fleißig weiter, doch ich höre nicht zu.

Das Leben da draußen geht weiter, doch ich habe keine Kraft mehr, mich ihm entgegenzustemmen. Die braune Flut steigt immer schneller, hat den Deich längst in Massen überspült und ich bin es müde mit meinem kleinen Eimer wenigstens etwas davon wieder zurück auf die andere Seite des Deichs zu schütten. Es kommt ja doch wieder.

Ich bin müde! Unendlich müde! Doch ... werde ich wieder aufwachen, wenn ich jetzt einschlafe?

Und - wenn ich aufwache - werde ich das verkraften können, was ich da sehe?

-41-

Mein Papa wird morgen 85 Jahre alt. Es würde mich nicht stören, es wäre kein Verlust, wenn er heute noch stürbe.

Würde es mich bei mir stören? Wäre es für irgendjemand ein wirklicher Verlust? So, wie ich mich gerade entwickle, eher nicht, selbst für meinen Bruder nur kurzzeitig, ich bin doch jetzt schon gerade noch zu gebrauchen, nützlich, aber kein Freudenbringer mehr, keiner mehr, der Energie gibt.

All meinen Wert habe ich immer daraus gezogen, was ich für andere bin. Das war mein Antrieb. Und in einer Zeit, in der ich andere erfreute, sogar gelegentlich Inspiration, jedenfalls oft Stütze war, da mochte ich mich deswegen sogar ein bisschen. In der Zeit funktionierte ja auch der Körper noch gut. Das Gesicht war noch nicht rund, die Haare noch nicht grau, der Bauch noch nicht Schwabbel.

Jetzt versichere ich ab und zu den wenigen übrig gebliebenen Freunden, denen es allen auch schlecht geht, dass sie mir etwas sind und dass wir in unserer Schwermut irgendwo, irgendwie zusammen, jedenfalls so nicht allein sind und dass mir das etwas bedeutet.

Wahrscheinlich überzeuge ich sie damit ähnlich wenig wie mich selbst. Obwohl es ja stimmt. Ja, da ist noch etwas. Aber es hat seine heilende Kraft verloren. Ich klammere mich dran, weil ich sonst nichts habe. Weil ich ohne sie nur noch ich bin und das ist nichts. Kein Wert an sich. Nichts, wofür sich zu kämpfen lohnt, eigentlich nicht mal etwas, wofür sich das Aufstehen lohnt.

Ich, wie es bisher war, ist gescheitert, aber ich klammere mich an die letzten verbliebenen Reste, wissend dass das (Ich, die Freundschaften) keine Zukunft hat.

Ich, wie es bisher war, ist es nicht wert, weiter mit meiner Energie (dem erbärmlichen Rest von Energie) gefüttert zu werden ..., aber ich habe halt keine Alternative.

Ein neues Ich aufbauen? Jetzt noch? Ohne jegliche Kraft, Inspiration? Ich bin wie der Kapitalismus, eigentlich auch wie Demokratie: längst gescheitert. Aber es gibt keine Alternative.

-42-

Das junge Paar steht an der Theke, er hacke zu, sie angenervt, wirft ab und zu Blicke zu dem coolen Schriftsteller an der Theke. Ich hätte Chancen - Nicht im direkten Kampf gegen ihn, er ist 20 cm größer, egal, sie schaut schon wieder zu mir.

Ich schreibe, um weiterhin interessant zu bleiben, schaue konzentriert auf mein Blatt und spüre, wie sie an mir vorbei zur Toilette geht. Sie geht extra nah vorbei, streift mich mit ganzem Körpereinsatz am Rücken, streichelt mir sanft über mein Gesäß.

Ein deutliches Zeichen, dass ich mitkommen soll. Das habe ich gelernt.

Ich erhebe mich schon halb vom Hocker und werfe noch einen kurzen triumphierenden Blick zu ihrem Macker - Dort sitzt sie, nur sie. Ihr Macker nicht. Der ist wohl gerade an mir vorbei gegangen.

Saß heute Mittag im Café auf dem Marktplatz, trank wie Ted Coffee („Der perfekte Kaffee") ein Kännchen Kaffee, und versuchte auf mein erfülltes Leben zurückzuschauen und da war nur ein schwarzes Loch und gähnende Leere. Kein Bild (welch Überraschung) und halt auch keine Erinnerung, kein Abbild der durchlebten Gefühle von einst, nichts Wärmendes, nichts Bewegendes, ... auch nichts Schlimmes.

Alles hatte sich aufgelöst. Als hätte ich gar nicht gelebt oder halt, als lebte ich nicht mehr und könne deswegen nicht mehr fühlen.

Ich starrte, einen Schluck Kaffee im Mund, milde fasziniert, ach nein, doch eher nur marginal interessiert, auf die dunkle Leere in mir, als in der Nähe Sirenen ertönten, dann weitere, mindestens vier Krankenwagen ... Ich ließ die Augen geschlossen und die Fantasie schubste mich kurz und ich saß inmitten von Toten und Verletzten eines verheerenden Terroranschlags oder Zugunglücks, Sirenen heulten, aber seltsamerweise ansonsten Stille - Schockstarre.

Etwas Grausames ist geschehen, ich mag die Augen lieber nicht aufmachen, ich will auch gar nicht wissen, ob ich noch alle Extremitäten habe. Vielleicht bin ich schwerstverletzt am Verbluten, vielleicht bin ich unverletzt. Es macht gerade keinen Unterschied. So oder so bin ich in einer Schockstarre, nichts sehend (gewollt), nicht fühlend (automatisch); ob ich Schmerz habe oder nicht, ich könnte es nicht sagen, würde ich mich ansehen, könnte ich immerhin Vermutungen dazu anstellen; fühlen, spüren würde ich den Schmerz nicht.

Ich halte die Augen geschlossen. Ich will es nicht wissen. Wenn ich gerade verblute, dann will ich es nicht sehen, wenn ich unversehrt sein sollte, so weiß ich doch, dass das um mich ein furchtbarer Anblick sein wird. Verletzte, verzweifelte, sterbende Menschen und ich werde nicht helfen können.

Ich werde nicht aufstehen können, selbst wenn die Beine unversehrt sein sollten. Ich werde die Schwere, das Einzige, was ich deutlich fühle, diese universelle, mich fest umarmende Schwere nicht mehr abschütteln können. Ich werde im Schock bleiben. Vielleicht irgendwann wieder aufstehen, zur Arbeit gehen, funktionieren, den Vater pflegen, den Bruder zum Lachen bringen, aber ich selbst, ich bleibe im Schock. Ich laufe im Schock durch den Rest meines Lebens. Laufe? Ha! Jedenfalls. Ich funktioniere, aber ...

Dabei weiß ich ja nicht, was den Schockzustand ausgelöst hat. Es war nicht, wie üblicherweise angenommen, ein einziges fürchterliches Ereignis, kein Terroranschlag, kein einzelner Verlust, es war kein Akutereignis und doch war es von jetzt auf gleich da. Wie ein umgekippter Teich.

Ich vergleiche zu viel und entferne mich schon seit vielen Zeilen von dem, wie es sich wirklich anfühlt, ohne im Ansatz sagen zu können, wie es sich anfühlt oder was es verursacht hat und nebenbei auch ohne sagen zu können - und erstaunlicherweise interessiert mich dieser eigentlich wichtigste Punkt überhaupt nicht - ob ich da je wieder rauskomme.

Vielleicht hat mir ein Slytherin von hinten einen Schockzauber aufgehalst?

Klar, es ist einfach zu erklären: Der Körper benötigt den Schockzustand, um zu überleben, z.B. wenn eine Verletzung einen lebensgefährlichen Blutverlust verursacht hat.

Diese Welt sticht schon seit langer Zeit mit vielen kleinen Messern auf mich ein, jeder einzelne Blutverlust dadurch wäre zu vernachlässigen, aber die in der letzten Zeit immer häufigeren und tieferen Einstiche ... Nein! Es ist nicht einfach zu erklären! Es gehört (vielleicht) mit dazu, aber es ist nicht das Entscheidende! Ich weiß nicht, was das Entscheidende ist, nicht mal ansatzweise, aber ich spüre bei allem, was ich bis jetzt ausprobiert habe: Das ist es nicht.

Ich bin ein Experte für dieses Nichts, ohne im Entferntesten etwas über es zu wissen. Ich bin die Koryphäe für Weltschmerz und Verzweiflung, ohne etwas darüber erzählen, etwas davon erklären zu können. Was ich kann: Allen mit tiefster Überzeugung erklären, dass sie keine Ahnung haben. Inklusive mir. Aber eben, das mit dem Kaffee im Mund, meinen Schock erkennend, da war ein ganz kleines Stück der großen Wahrheit ganz kurz zu erspüren.

Und, immerhin: Für einen kurzen Moment war da etwas wie Interesse dafür da, warum ich alles Interesse an allem verloren habe.

...

Als würde ich gerade das Fotografieren erfinden:

Ab und zu blitzt ein bisschen von der Wirklichkeit, die ich gesehen/gespürt habe in den Texten auf, die ich schreibe und ich bin stolz wie Leon und denke, ich habe etwas Besonderes geschaffen und wenn ich es noch vervollkommnen könnte, würde ich der Welt etwas Einzigartiges schenken und dann lese ich ein Buch von ... ach, wem auch immer und merke:

Ich versuche hier gerade die ersten wackligen, schwarzweißen, ruckeligen Stummfilme zu erfinden und andere haben der Welt schon längst HD-Filme mit Dolby Surround Sound geschrieben.

44

Gestern mit meinem Bruder ein paar Bier getrunken und er erzählte viel von früher. Es war eine für mich überraschende Begebenheiten dabei: Ich habe als Jugendlicher eine ältere Frau aus einem brennenden Haus gerettet.

Das Überraschende: Ich konnte mich wieder daran erinnern, als er es erzählte - das ist wirklich so geschehen. Aber ich denke fast nie daran; auf jeden Fall schon seit Jahren nicht mehr. Während andere, völlig unwichtige Begebenheiten der Vergangenheit mich fast täglich verfolgen.

Ich bin ein gnadenloser und furchtbar hartnäckiger Theaterkritiker meines Lebens, der das Schöne und Gelungene nie zu sehen scheint, sich aber akribisch und jahrelang an kleinen misslungenen Stellen aufhält.

Ich habe übrigens eine ganze Menge große, katastrophal misslungene Szenen in meinem   Leben - die scheinen ihn nicht zu interessieren. Aber ein Dutzend banale Erlebnisse in meinem Leben, die keinerlei entscheidenden Einfluss auf mein restliches Leben hatten, die hält er mir immer wieder vor, da kommt er noch nach Jahrzehnten mit Verbesserungsvorschlägen, was ich bei diesem Dialog bissiger hätte sagen sollen oder welches auf diese dumme Bemerkung die treffende und die Situation auflösende schlagfertige Antwort gewesen wäre.

45

Gerade einen Schluck Jever mit geschlossenen Augen im Mund hin und her ... Ted Coffee, ihr wisst schon.

Moment! Bevor ich dazu etwas sagen kann, nochmal ...

Wenig. Aber immerhin halt nicht nichts.

Was für heute allerdings, da deutlich mehr als das bisherige Nichts, relativ viel, geradezu sensationell ist. Ein Hauch von Gefühl von Cidira das erste Mal an der Theke sehen, als noch unbekannt, noch nicht vertraut.

Und wenn es auch nur ein Hauch war, es legt doch ein intensives Gefühl von möglicher Heilung, einen sehr hellen Funken Hoffnung ... Aaaaaah!

Es ist so, aber ich kann das nicht schreiben, sonst ist es sofort von schleimigen, widerlichen, klebrigen und vor allem überflüssigen, langweiligen Worten wieder verschüttet.

Das ist die gefährliche Leere: wenn selbst Gedanken an Cidira kaum Wärme und Inspiration in mir erzeugen können. Erinnerungen, schwach, ohne wirkliche Energie.

Womöglich ist mein Gefühlsleben auf Notmodus umgesprungen, weil es die immer grausamer werdende Gegenwart sonst nicht aushält? Alles nur gedämpft wahrnehmen, damit ich nicht verzweifle oder wahnsinnig werde über diese Welt?

Vielleicht ging ja auch mal mein inneres Auge so über die Wupper. Da waren zu viel Bilder in meinem Kopf, die mich zerstört und wahnsinnig gemacht hätten, da hat mein ... tja, wer auch immer in mir das Sagen und Entscheiden hat, den Bildschirm ausgemacht. Wenn meine Gefühle auch noch ausgeknipst würden? Ich würde überleben, aber nicht mehr leben.

Ich möchte schreiben, noch all die Bücher (ca. 15), die in meinem Kopf angefangen sind, zu Ende bringen und dann wüsste ich nichts, was mich hier hält. Wohltuende Freunde tuen nicht mehr wohl, Musik klingt dumpf und bringt mein Herz nicht zum Schwingen, Zärtlichkeiten berühren die Haut, nicht die Sinne und die Seele, Bücher sind eine Ansammlung von Wörtern.

Intelligenz, Empathie und Wortwitz. Viele Menschen, insbesondere die, die nicht damit „gesegnet" sind, halten sie für positive, erstrebenswerte Eigenschaften.

Wir, die wir tagaus, tagein damit leben müssen, betrachten sie als Last, manchmal als Fluch.

Gabe und Fluch heißt es oft in Filmen, aber wo bitte ist denn da eine Gabe? Für wen soll das eine Gabe sein?

Wer will denn jemandem zuhören, der intelligenter ist als er?

Wer will philosophieren, gemeinsam im Gespräch Wahrheiten suchen?

Wer will etwas lernen und sucht nicht nur nach Seinesgleichen, die seine eigenen – falschen – Meinungen und Pseudofakten bestätigen?

Wer leidet denn noch ernsthaft an der Welt, an tiefen Problemen, an der aussichtslosen Suche nach dem Sinn?

Alle wollen Mitleid für ihr Scheitern an ihrer eigenen völlig überzogenen Erwartungshaltung und Lebensplanung.

Und wer versteht noch Ironie, ohne dass man einen zwinkernden Smiley schreibt oder es pantomimisch darstellt?

Es ist Reichtum, Wertvolles im Überfluss, leider in einer Währung mit der man auf dieser Welt nicht (mehr?) bezahlen kann.

Noch nie so viel Grund gehabt, mich zu betrinken und ich vertrage so wenig wie nie - Leben ist völlig wirr konfiguriert.

Wo ich jetzt mehr zu mir selbst finde, auf mich achte, meinen Willen durchsetze ... Desto mehr ich versuche, ich zu sein, umso mehr merke ich, dass ich der Sokrates der Willenlosen bin: Ich weiß, dass ich nichts will.

Ganz, ganz viel, was ich nicht will, wahrscheinlich alles, okay fast alles, es gibt ja Dinge, die finde ich angenehm:

Meisterschaft des FC, Kuss der Muse, zärtliches Streicheln über meinen Kopf, aber:

Irgendetwas, dass ich so sehr will, dass ich mit dem Fuß aufstampfen möchte, weil ich es nicht bekomme?

Nö.

Das geht noch immer, womöglich besser als vorher:

Dass die Stimmung, ohne Vorwarnung, von jetzt auf gleich kippt. Dass fröhliche, zufriedene Kreativität in verzweifeltes, hoffnungsloses Starren gleitet, ohne Übergang und ... das Verwirrende (aber nicht Neue): ohne Grund.

Falls jemand fragt, in solchen Momenten, habe ich viele Erklärungen parat. Die Welt sowieso und halt die ganzen Schicksalsschläge der letzten Jahre, auch gerade Aktuelles.

Selbst meine Psychotherapeutin habe ich überzeugt, dass ich eine reaktive Depression habe.

Es ist einfach zu erklären, erzeugt Mitleid, das manchmal angenehm sein kann, anfangs.

Gelegentlich überzeuge ich mich sogar selbst noch einmal für kurze Zeit. Aber in Wirklichkeit ist es das alles nicht.

Was und wie es wirklich ist, ist schwer zu beschreiben und halt nicht zu begründen, auch für mich selbst noch nicht wirklich zu verstehen.

Es bereitet ungeheure Mühe, die wenigen Erkenntnisse in Worte zu fassen, zu erklären. Es muss schon ein sehr besonderer Mensch vor mir sitzen, damit ich es versuche.

Was ich dann erzähle, überzeugt mich nie.

Wenn es halt wenigstens etwas Spannendes wäre, mir jemand aktiv Schaden zufügen wollte. Doch es ist einfach nur eine Laune der Hormone.

Wenn überhaupt. Vielleicht nur ein Missgeschick eines unbedeutenden Mitarbeiters des Universums. Er hat versehentlich auf einen Knopf gedrückt und ich bin (schon wieder) auf Werkseinstellungen zurückgesetzt. Und jetzt?

Wieder alles mühsam konfigurieren, das System wieder ans Laufen bringen, wieder funktionsfähig werden?

Alles wieder runterladen, personalisieren, installieren ... Ach Scheiße! Heute nicht mehr.

Ich gehe auf „Energie sparen", verschwinde vom Bildschirm, stehe nicht zur Verfügung.

Vielleicht muss ich morgen, aufgrund einer versehentlichen Mausbewegung, wieder hochfahren, vielleicht wird der Prozessor – der so viel kann, aber fast nie gefordert wurde – doch noch mal in Funktion gehen ... Wozu?

Als wenn ich das je gewusst hätte.

Als wenn ich je irgendwas gewusst, verstanden hätte.

Als wenn mich das interessieren würde.

Als wenn mich irgendwas berühren würde.

Als wenn es einen Unterschied machen würde, ob es mich gibt oder nicht.

Ach, Leon ...

48

Was mich interessiert ... Fast nichts. Ja, schon klar. Aber eins halt doch sehr:

Ob, und wenn ja, wie Menschen an mich denken.

Ob die sehr fähige, hübsche und mit guter Laune ansteckende blonde Bedienung von gestern auch gerade an mich denkt?

Warum sollte sie? Sie fehlt mir hier, weil sie nicht da ist und der Tag damit deutlich unlustiger als gestern.

Sie hat frei, ist zuhause oder unterwegs, unbeschwert und fröhlich. Wie sollte ich ihr da fehlen? Aus welchem Grund sollte sie an den schweigsamen Thekenhänger von gestern denken? Da hat sie hier schon deutlich spannendere und attraktivere Gäste gehabt, die Lebensfreude ausstrahlten und nicht melancholisch in ihr Bier starrten.

Nun gut, in ein paar Wochen werde auch ich sie vergessen haben, aber ich treffe ja alle paar Wochen jemanden, an den ich dann noch wochenlang denke. Ich wäre schon damit genügend ausgelastet, aber dann gibt es ja auch noch diese Dauerparker im Herz und Gemüt.

Ute, die erste Freundin - bin ich ihr nach unserer Trennung je einen liebevollen Gedanken wert gewesen, wüsste sie noch wer ich war, wenn sie auf mich angesprochen würde, im Tagebuch von mir läse, hätte sie ein Bild vor Augen? Wohl kaum.

Und wenn sie hätte, würde sie an den misslungenen Schluss denken oder doch an ein paar schöne Monate?

All die kurzen, aber leidenschaftlichen Verliebtheiten der Jugend. Ich weiß die Namen nicht mehr alle sicher, aber ..., immer wieder denke ich voller warmer Gefühle an unsere wenigen Momente, die wir miteinander hatten und an die vielen

Stunden und Tage, in denen ich von ihnen träumte (ohne etwas für die Erfüllung der Träume zu tun), inspirieren mich noch die Möglichkeiten, die sich da auftaten. Die Geschichten, die sie hätten werden können, beeinflussen immer noch die Geschichten, die ich träume und schreibe.

Jahre später gibt es mir ein Gefühl von Wärme im Herzen, wenn ich auf das kleine gemeinsame Stück Land schaue, was wir hatten und immer noch als Erinnerung haben. Es ist kein fruchtbarer Acker geworden, kein Haus gebaut, kein Baum gepflanzt, aber viele bunte Blumen der Erinnerung wachsen dort, die hoffentlich noch lange nicht verblüht sind.

Hat auch nur eine dieser mehreren Dutzend von Frauen in diesem Jahr schon einmal an mich gedacht, womöglich mit einem warmen, gar zärtlichen Gefühl? Sieht irgendwer von ihnen auch diese Blumen? Es erscheint mit unwahrscheinlich.

Vielleicht zufällig, beim Ausmisten von alten Erinnerungskisten. Wussten sie dann noch ungefähr, wer ich war?

Natalie. Laut dem Tagebuch aus der Abiturzeit, dass ich gestern noch einmal durchgeblättert habe, hatte ich sie für längere Zeit in meinem Abendgebet, was damals eine besondere Auszeichnung war. Heute weiß ich nicht mehr warum und habe weder ein Gesicht vor Augen noch ein deutliches Gefühl zu ihr im Herzen ... Vergessen nicht, nicht sie, nur die Details. Ich ahne Angenehmes. Ich glaube, so jemand bin ich auch für die meisten:

Da war mal was. Der Name sagt mir irgendwas. Was genau, weiß ich nicht, will ich auch gar nicht wissen. Ist lange vorbei. Was ich weiß: Es war nichts Wichtiges!

„Ich weiß es nicht."

Erstaunt vernehme ich meine Stimme, meinen Schwanz in der Hand am Pissoir stehend. Der Strahl ist nicht so kräftig wie früher.

Dumpfe Erinnerung. Ja, irgendwas habe ich auf dem Weg zur Toilette gedacht und da war glaub ich eine Frage, die ich mir gestellt habe.

Ich weiß die Frage nicht mehr, aber die Antwort fühlt sich richtig an.

„Ich weiß es nicht." – Es wäre die Antwort auf die meisten Fragen, die ich mir stellen könnte.

Die Bedienung, die mir vor zwei Monaten ein Buch abgekauft hat, kommt seither jedes Mal mit entschuldigendem Blick vorbei: „Ich habe noch nicht angefangen."

Wenn hier begeisterte Leser von mir rumsäßen, die ungeduldig auf das nächste Buch warten würden, bzw. heute konkret darauf warten würden, dass ich endlich konzentriert schreibe, müsste ich ja auch mit entschuldigendem Blick umherlaufen: „Ich habe angefangen, aber dann bin ich in Tagträume abgedriftet. Sorry. Beim nächsten Mal bestimmt."

Tagträume waren da, das ist nicht gelogen; aber der wahre Grund, dass die Geschichte noch nicht fertig geworden ist, dass ich mich seit Monaten nicht an sie rantraue:

Sie ist zu gut, zu ernsthaft, zu wichtig, als dass ich mir zutraue, sie zu schreiben. Gut zu schreiben. So außergewöhnlich gut, wie sie, ihre Charaktere und die inspirierende Muse es verdient hätten.

Es ist halt immer noch so, dass ich mich nicht mal im entferntesten Ansatz als reif fühle, als das Leben, die Menschen verstehend, als dass ich etwas über Leben und Menschen schreiben könnte, bei dem ich mir sicher bin. Zu oft halt schon, auch in den letzten Jahren, trotz meiner fünfzig Jahre, völlige Ratlosigkeit, komplette, geradezu perfekte Unsicherheit über die Regeln des Lebens, die Selbstverständlichkeiten, die eigentlich jeder, sogar der kleingeistige Mensch von Natur aus wissen sollte.

Ich weiß nichts! Und das ist keine philosophische Erkenntnis, keine entzückende Naivität, das ist schon knapp vor Lebensunfähigkeit. Ich improvisiere mich seit Jahrzehnten so durch. Eine wirkliche Leistung, in diesem Umfeld überlebt zu haben, mit diesem völligen Loch in einem Bereich, den ich nicht benennen kann, den aber alle anderen gefüllt zu haben scheinen. Ich habe „nur" Flügel, in einer Welt, in der alle anderen Arme und Beine haben. Ich kann damit ein Laufen, Gehen und Greifen vortäuschen ... Wer mir gewogen ist, tut so, als sei es mir gelungen.

Und einige wenige gute Freunde sehen mir wirklich fasziniert und liebevoll zu, wenn ich mich mal kurz traue, meine Flügel auszuprobieren. Sie strahlen, freuen sich und umarmen mich und trotzdem werde ich das Gefühl nicht los, dass ich nur störe, mich produziere, sie gnädig mit mir sind.

Dass ich etwas Besonderes bin, etwas ihr Leben Bereicherndes ... Ich kann es logisch nachvollziehen, aber fühlen? Immerhin. Ich wehre mich nicht mehr. Ich lasse diese Ahnung zu, dass das Realität sein könnte, dass das für mich Realität sein könnte, dass ich etwas bin.

Zu erwähnen wäre der übliche Reflex, das abzuwerten im Sinne von: Dass ich etwas Besonderes bin, liegt nicht dran, dass ich auch nur annähernd gut wäre. Meine Flügel sind durch diese Imitationen abgenutzt, womöglich mehrmals gebrochen. Ich kann nicht fliegen, wie ich es mir wünschen würde. Ich wäre gerne ein Mäusebussard, aber meine Performance reicht nicht mal für einen Spatzen.

Und doch ... Da ist ehrliche Freude, wenn ich kurzzeitig abhebe, vielleicht sogar Bewunderung, aber da bin ich mir nicht sicher. Bei Freude, bei manchen, schon. Eine Bereicherung. Ja, das kann ich nicht mehr leugnen.

Und doch, auch Bewunderung. Auch die habe ich gesehen. Und sei es halt bloß für meine Begabung, nichts wirklich gut zu beherrschen, aber mich in fast allem, relativ souverän improvisierend, erfolgreich durchmogeln zu können.

-50-

Die Wahl Trumps. Trump ist schlimm, noch schlimmer ist, dass ein Wahlkampf voller offensichtlicher Lügen, Hass, Ausgrenzung, Beleidigungen und konkreter Gewaltandrohung gegen Minderheiten erfolgreich war.

Der Selbstmord des 17-jährigen Flüchtlings neulich in Schmölln. Ob wirklich Menschen gerufen haben „Spring doch!" und wenn, wie sie es gemeint haben, das ist fast egal.

Schlimm ist, dass anschließend Tausende in asozialen Netzwerken sehr deutlich machten, dass sie es, wenn sie dagestanden hätten, gerufen hätten, und zwar nicht, damit er im Sprungtuch landet. Aber das Schlimmste ist:

Er hat Wochen/Monate voller Entbehrung, aber mit einer Hoffnung vor Augen durchgehalten, die Flucht durch die Wüste und fremde Länder und dann kommt er hier an und ist nach wenigen Wochen so desillusioniert und hoffnungslos, dass er sich umbringt.

Zwei tiefe Schnitte mit dem Skalpell in einen Körper, der äußerlich etwas blass, vielleicht leicht bräunlich aussah und bei einem Blick unter die Haut ist nun zu sehen, wie zerstört und von Hass und Neid zerfressen das Gewebe dort bereits ist.

Mehr als fraglich, ob da noch etwas zu retten ist. Die Abwehrkräfte sind sehr aktiv, aber irgendwas funktioniert nicht. Ob sie statt der Krankheitserreger die kranken körpereigenen Zellen angreifen oder den Angriff falsch gestalten - Ich habe keine Ahnung. Auch keine Lust, mich in Physiologie fortzubilden, zumal da gefühlt jeder Lehrer etwas anderes lehrt.

Etwas geht furchtbar schief und ich weiß nicht, wie es beschreiben, geschweige denn, was dagegen unternehmen.

-51-

Eben aus Versehen einen Radler statt des Jever bekommen. Ein kurzer gustatorischer Schock.

Anstandslos umgetauscht, nachdem ich Bescheid gesagt habe und dann der erste Schluck:

Ja. Das ist es. So war es immer. So soll es immer bleiben.

Ich bin schon erschreckend konservativ, was den Geschmack meiner Getränke angeht. Im sonstigen Leben bin ich ja durchaus für Abwechslung.

Wie so oft: Den Satz zu Ende geschrieben, obwohl ich merkte, dass er nicht stimmt, nicht für mich stimmt.

Ich sitze hier inmitten einer lärmenden Masse von Menschen und fühle mich wie üblich unwohl. Zu viele Geräusche und Eindrücke, die ich nicht verarbeiten kann, nicht aufnehmen will. Ich habe am liebsten Ruhe um mich. Neues und Abwechslung muss nicht sein, zumindest nicht oft.

Weswegen bin ich so gerne in der Kneipe, trinke überhaupt so gerne meine Getränke? Da ist etwas, eine Art Freund, auf den ich mich verlassen kann. Würde das Bier jedes Mal anders schmecken, oft halt auch gemischt und süß oder gar Krombacher ... Ich wäre nie wieder in Kneipen oder würde einen Kasten kaufen.

Ist für die Erzkonservativen und AfDler womöglich das Leben, die Gesellschaft so? Bloß nichts Neues, keine Abwechslung, nichts Unbekanntes, Fremdes, gar Gemischtes? Ich trinke gerne Jever, mag an manchen heißen Tagen eiskalte Fanta, aber beides gemischt? - Ich könnte kotzen.

Rational erklärbar ist das eigentlich nicht. Verletzen zu viele Ausländer für manche Ossis einfach deren gesellschaftlichen Geschmackssinn?

Ich mag das nicht, wenn ich für das Gefühlsleben von asozialen Arschlöchern mehr Verständnis habe als für mein eigenes.

-52-

Es gibt Dinge, wahrscheinlich viele Dinge, die lassen sich nicht wirklich einsortieren.

(Nach dieser langweiligen und völlig unnötigen Einleitung habe ich leider den interessanten Hauptteil vergessen.)

Ah!

Jetzt fällt er mir wieder ein.

Er ist aber doch nicht interessant.

Ich weiß, was Selbstbewusstsein auf Englisch heißt, meine, mich zu erinnern, wie es lateinisch lauten würde. Französisch? Ich weiß, wen ich fragen müsste.

Doch selbst wenn ich auf allen, laut Wikipedia ca. 6500, Sprachen der Welt wüsste, wie es heißt, wie es ausgesprochen wird – für mich bliebe es immer ein Fremdwort.

Von Zeit zu Zeit spiele ich mit dem Gedanken, eine Autobiographie zu schreiben und jedes Mal fällt mir ein guter Titel dafür ein – momentaner Favorit: „Well, That Didn't Work" – aber fast nie fällt mir ein schreibenswerter Inhalt ein.

Ich habe vor einigen Wochen einen Tag lang Geschriebenes von mir sortiert, wieder gelesen, bei manchem kam es mir vor, als läse ich es das erste Mal, und am Ende des Tages dachte ich:

Wenn ich jetzt noch aus den verschachtelten, komplizierten, ausufernden Sätzen einfache Sätze machte, die vielen überflüssigen Erklärungen und gescheiterten Nebensätze wegließe, den versteckten Sinn der Texte klar und offen darlegte, wenn ich aus allem Melancholischen Fröhliches, aus grauen Tagen Sonnenschein und aus bremsendem Trübsinn loderndes Feuer machen würde – dann wäre das womöglich ein brauchbares Buch. Doch selbst dann: wen sollte meine Autobiographie interessieren?

Wie mein Leben:

Selbst wenn ich offener, fröhlicher, gesellschaftsfähiger gelebt hätte, wenn ich Worte gewusst hätte, passende Antworten spontan parat gehabt hätte ... eine der wenigen Dinge im Leben, deren ich mir sicher bin: Auch dann hätte sich niemand wirklich für mich interessiert.

Nach manchen Abenden, an denen ich mir nach viel Bier mal wieder ein bisschen wie Pessoa vorkam, war ich in Versuchung, meinen Wust an beschriebenen Zetteln endlich zu ordnen, auch ein *Buch der Unruhe* zu veröffentlichen.

Dann suchte ich nach den wenigen gelungenen Texten, an die ich mich erinnern konnte und fand sie nicht; das, was ich fand, passte kaum sinnvoll zusammen und wenn ich es dann doch gestartet hatte ... ich gab es jedes Mal nach spätestens einer halben Stunde auf.

Ich bekomme mich nicht sortiert. Jeglicher Versuch, etwas wie einen roten Faden in mein Geschriebenes zu bekommen aussichtslos, die Texte wiederholen sich ständig und schaffen es dabei sogar, sich zu widersprechen – was sich allerdings spannender anhört, als es ist.

Wenn man es liest, ist es einfach nur verwirrend, durcheinander, flüchtig. Ich bekomme mich ja auch im restlichen Leben nicht sortiert, meine Gefühle und Gedanken, meine Erinnerungen, mein Wille.

Die Psychotherapeutin riet mir zum Schreiben, um mich zu sortieren. Ausformulieren, Gedanken damit zu Ende denken müssen, das sollte mir helfen, und auf einen Abend bezogen, schien es mir oft zu gelingen, doch jetzt, wenn ich versuche, einen roten Faden, ein Ich in all dem Geschriebenen der letzten Jahre zu finden ... ich bin ja noch verwirrter, als ich bisher geahnt hatte.

Wäre da nicht immer die gleiche auffällige Schrift – das einzige von mir, an dem ich mich immer sofort von weitem erkenne – ich würde nicht glauben, dass diese ganzen vollgeschriebenen Blätter von einer einzigen Person sind, geschätzt eher drei bis vier sehr verschiedene Persönlichkeiten.

Nein. Ich bin mir inzwischen sicher: Ich bekomme mich in diesem Leben nicht mehr sortiert. Desto mehr ich es versuche, versuche, mich zu verstehen, umso mehr werde ich mir fremd, nein, aber umso weniger verstehe ich, bzw. verstehe immer mehr, wie aussichtslos diese Hoffnung ist.

Aber auch dann wieder Pessoa: Immer mehr die Überzeugung, dass auch er sich nicht verstand und dass er es nie selbst geschafft hätte, das Buch der Unruhe zu sortieren.

Die einzige Chance, auch für mich, wäre, dass sich jemand lange nach meinem Tod daran macht, mich zu sortieren, zu verstehen. Ich konnte das nicht.

Dafür müsst sich derjenige allerdings sehr für mich interessieren. Nach meinem Tod? Schon lebend interessiert sich doch keiner wirklich so sehr für mich, dass er an Details, gar an einer Ordnung meinerseits interessiert wäre.

Ob Pessoa auch nicht daran glaubte, dass sich je jemand so für ihn interessieren würde?

-54-

Ich weiß nie, was ich fühle. Ich spüre es nicht.

Meist kann ich es allerdings, auf etwas umständliche Weise, herausbekommen:

Oft ahne ich, was ich fühle, dann engt es die Möglichkeiten etwas ein, aber auch sonst:

Ich schreibe (oder denke) Sätze darüber, wie es mir gerade gehen könnte, was ich fühlen könnte oder sollte, oft, was ich über Gefühle in solchen Momenten gelesen habe oder was andere mir erzählt haben, was sie in ähnlichen Situationen gefühlt haben.

Und wenn ich einen Satz, womöglich einen kurzen Text zu einem meiner möglichen Gefühle geschrieben (oder innerlich laut zu Ende gedacht) habe, dann spüre ich meist deutlich, ob sich der Satz richtig oder falsch anfühlt.

Manchmal überrascht mich dann, was ich fühle, bzw. was ich doch nicht fühle, obwohl meine Ahnung mich am ehesten dahin geleitet hätte.

Manchmal fühlen sich völlig verschiedene Sätze als richtig an, als würde ich völlig gegensätzliche Gefühle zur gleichen Zeit haben.

Nicht gerade selten bleibt die Erkenntnis, dass ich gar nichts fühle.

Manchmal allerdings, nach der Erkenntnis, was ich wohl eben gefühlt haben möge, insbesondere wenn es überraschend war, fühle ich mich auf einmal völlig anders als vor der Erkenntnis und ich muss wieder von vorne anfangen.

Damit kann man schon mal eine schlaflose Nacht verbringen.

Meine Seele kann mir nichts dazu sagen, wie es ihr geht, wie es mir geht, wie sich mein Leben, eine Berührung, ein Lufthauch, ein Sonnenstrahl anfühlt. Lediglich, ob ein Text darüber, wie es mir geht, richtig oder falsch (oder etwas dazwischen) ist, darin ist sie richtig gut.

„Fühlen" kenne ich nur als Ausschlussverfahren.

Wenn überhaupt, weiß ich, was ich fühle.

Ich kann mich nicht erinnern, dass ich schon mal ohne Umweg gefühlt hätte, was ich fühle.

Ich habe mit vielen Menschen sehr offen über meine Gefühle gesprochen, womöglich in der Hoffnung, dass irgendjemand sie verstehen würde und mir erklären könnte.

Eigentlich ja eher über das, was ich für meine Gefühle hielt. Inzwischen glaube ich nicht mehr, dass ich jemals wirklich dauerhaft fühlen konnte, Gefühle wirklich empfinden konnte.

Ganz wenige kurze Augenblicke im Leben, in denen ich fühlte, und das war so überraschend und intensiv und ungewohnt unkontrolliert, dass es mich umwarf und verwirrt zurückließ.

Wenn ich fühle, fühle ich so intensiv - das wäre nichts, was ich auch nur für kurze Zeit länger als Augenblicke aushalten würde.

Gefühle fühlen ist die Ausnahme, die ich nicht verstehe, vor der mir bange ist, weil ich sie nicht kontrollieren kann.

Gefühle wissen, das passende Gefühl für eine Situation aus dem Kleiderschrank aussuchen, das habe ich gelernt und ich habe dort inzwischen eine beachtliche Auswahl an unterschiedlichsten, zum Teil außergewöhnlichen Emotionen.

Ich falle nicht auf, mit den Gefühlen, die ich trage. Sie sind fast immer adäquat.

Mein ganzes Leben ist erstaunlich adäquat dafür, dass ich es nicht im Ansatz verstehe.

Gefühle begreife ich fast immer nur von außen. Ich kann sie identifizieren, sie anhand von Indizien überführen, als wäre ich ein überdurchschnittlich begabter Kommissar, der mich Verdächtigen die ganze Zeit beobachtet und zumeist sehr sicher durchschaut.

Ich verstehe mich relativ gut von außen; kann viel über mich berichten, als Beobachter, nicht als selbst in mir anwesendes Ich. Ich bin fast nie in mir drinnen und wenn dann meist nur als Rückzugsort in ruhigen und gefühlsübersichtlichen Phasen.

Das Leben, das findet nicht in mir statt.

Ich beobachte von außen, wie der Wellengang des Lebens mein Boot bewegt, aber ich sitze nicht selbst im Boot.

Ich dokumentiere und kommentiere es von außen und wenn mich jemand fragt, kann ich so viele Details vom Innenleben des Bootes berichten, dass alle glauben, ich säße wirklich in meinem Boot.

Ich bin nicht ich, ich lebe nicht mein Leben, ich beobachte mich, meine Existenz.

Ich improvisiere, wenn jemand hinschaut, etwas, was mein Leben vielleicht hätte sein können. Ich erzähle Phrasen und Anekdoten aus meiner Geschichte, die ich in Wirklichkeit nie angefangen habe zu schreiben.

Der große Roman, der ich hätte sein können - ich habe nur ein paar Stichworte, einzelne Sätze gelebt; nicht ein Kapitel vollständig.

Ich sterbe als Fragment einer Geschichte, die ich mir nicht zugetraut habe.

-56-

Seit einigen Tagen bestes Wetter und Urlaub.

Da fällt dann besonders auf, dass nicht alles in Ordnung ist. In warmer Sonne, zwischen fröhlich flatternden Schmetterlingen auf der Terrasse sitzen und sich traurig und verlassen vorkommen?

„Ich hab Heimweh!"
„Du bist Zuhause."
„Ich weiß ..."
(Hägar)
Besser ist das nie gesagt worden.

Alle wichtigen Freunde von mir haben Depressionen, ob nun diagnostiziert oder nicht.

Sind das die Seelen, die melancholischen, verlorenen, die mich anziehen? Oder sind einfach alle Menschen, wenn man sie näher kennenlernt, melancholisch oder verloren?

(Ob sie das nun selbst auch schon erkannt haben oder noch in der Verleugnungsphase sind oder nicht.)

Kenne ich einen glücklichen Menschen?

Ich gelte als eher gut gelaunt bei den Kollegen, humorvoll, unerschütterbar, souverän; der Ansprechpartner bei Sorgen. Feuerwehrmann, flexibler Problemlöser, der Mann für alles.

Sie freuen sich über meine Mails, die durch Einfallsreichtum, Sprachwitz und bunte Kreativität gute Laune verbreiten in schwieriger Arbeitsumgebung.

Ich tröste, ich gebe Kraft, bin für manchen Leuchtturm oder Fels in der Brandung.

In Wirklichkeit aber bin ich ein unsicherer, verängstigter Mensch, der zwar mit wärmendem Blick und ansteckendem Lachen, aber halt auf einem wilden Pferd, das er überhaupt nicht mehr unter Kontrolle hat, sehr nah am Abgrund lang galoppiert.

„Das, was ich zu sein scheine, hat nichts zu tun, mit dem, was ich wirklich bin."

Dieser Satz fiel mir auf dem Hinweg ein und jetzt sitz ich hier schon fast eine Stunde und drei Bier lang vor diesem Satz, starre ihn fasziniert an und weiß, dass er eine Wahrheit enthält, eine wichtige und habe weder ein Bedürfnis, mehr darüber zu schreiben, noch weiter darüber nachzudenken.

Es ist ja nicht mal so, dass es eine neue oder gar originelle Wahrheit wäre. Ich weiß das ja schon lange.

Doch bisher hatte ich es noch nicht so prägnant formuliert, dass es in einen Satz passte.

Als wäre das jetzt ein Fortschritt in meinem Leben.

Als wenn es helfen würde, einen Satz zu wissen, zu finden und zu formen.

Ja, es hilft.

Das habe ich schon oft erfahren. Phrasen können Leben retten.

Ich verstehe es nicht, aber es ist so.

Ich nehme dankend das neue Jever entgegen, proste meinem Satz zu und starre wieder ins Leere, das nicht leerer, aber irgendwie klarer geworden ist.

Der Hund meines Bruders ist unglücklich verliebt, quietscht dauernd drinnen vor der Tür, ich öffne, er geht raus und schnuppert versonnen, minutenlang, nichts passiert.

Ich räuspre mich, er schreckt aus seinem Traum hoch, schaut sich kurz verwirrt um - wo bin ich hier? - hebt dann als Alibi kurz den Hinterlauf, drückt ein paar Tropfen raus und kommt dann mit einem Blick wieder ins Haus, für den mir jegliches Adjektiv fehlt.

Sein Leben, sein Glück, er ist ihm draußen näher, dadurch ist es schöner als drinnen, aber: auch unerträglicher als drinnen, weil er seiner Erfüllung zwar nahe ist, aber mit dem Wissen:

Er wird sie nie erreichen.

Also halt doch wieder rein. Aber hier - nicht mal ihr Geruch? Nein, hier ist nicht gut. Sie fehlt furchtbar. Wieder quietschen, wieder raus, wenigsten ihren Geruch atmen ... ach.

Wissend: Sie ist sein Unglück, das, was ihn auffrisst, jeglichen Schlaf raubt, aber halt auch das, was ihn am Leben hält, die Kraft für den nächsten Wuff und Wedler gibt.

-59-

Mit Cidira war ich einmal in Köln in „Jekyll & Hide – das Musical".

Selbst ohne Cidira wäre es ein unvergesslicher Abend gewesen. Welch ein grandios vertonter Traum, den ich tausend Mal geträumt haben muss, ohne mich, bevor ich ihn jetzt live erlebt habe, jemals beim Aufwachen an ihn erinnert zu haben.

Wie bei Pessoa: Nichts mit meinem realen Leben zu tun, Quatsch, mit der Realität, in der ich existiere, arbeite, funktioniere, zu tun, aber alles mit meinem realen Leben, dem, was ich eigentlich bin, sein sollte, dem ich aber nur auf Papier und in Träumen manchmal wenigstens nahekomme.

Das leicht Verwirrende: Die Person, in der ich mich so unfassbar gut dargestellt fühlte, war eine Frau.

Nein, das war nicht das Verwirrende. Eher schon, dass mich das, als ich es am nächsten Morgen bemerkte, nicht mal ansatzweise überraschte. Es war etwas, was ich nie gewagt hätte, in Worte zu fassen und was nun völlig überraschend sogar in ein Musical gefasst worden ist, das nicht nur mir, sondern ganz vielen Menschen vorgespielt wurde.

Gibt es womöglich doch viele Menschen wie mich? Gar Männer? Gar Männer, die sich in Frauenfiguren oft viel mehr wiederfinden?

Sicher ein Thema, das ich irgendwann mal weiter vertiefen sollte, aber heute wollte ich das hier schreiben:

Die Jekyll & Hide – Zerrissenheit kenne ich nicht wirklich. Hides Bosheit ist bei mir eher schüchtern, melancholisch und gemütlich veranlagt und fügt sich so dermaßen friedlich und harmonisch in mein Gejekyll ein, da gibt es kaum Konfliktpotenzial und wenn, kann ich ihm ja hier auf dem Papier Auslauf lassen.

Meine Zerrissenheit ist eher Dr. Melanchton und Mister Lucky. Voller Unverständnis und ungläubig, was der andere für einen Scheiß erzählt und fühlt, zicken sich meine Melancholie (inzwischen mit erfolgreich abgeschlossener Fortbildung zur Depression) und mein Glücksempfinder die ganze Zeit an.

Lucky findet Melanchton extrem undankbar, bei allem Guten, was mir schon wiederfahren ist und Melanchton ist extrem angenervt von Luckys Sentimentalität und Anhänglichkeit bei alten Freunden, eher Freundinnen, und dieses ewige Nachfühlen von lang vergangenen schönen Momenten, Begegnungen und Tagen. Als wenn das irgendeinen Sinn machen würde!

Als wenn da in Zukunft noch irgendetwas Großartiges, etwas Neues zu erwarten sei!

Die beiden werden immer aggressiver und verächtlicher zueinander; die Wortwahl entgleist ständig und es ist ratsam, keine Waffen unbeaufsichtigt rumliegen zu lassen.

-60-

Ich bin nicht nur ein brillanter und im Nachhinein wortgewandter und geistreicher Kritiker meiner selbst, ich bin auch noch außergewöhnlich ausdauernd:

Ich kann noch Jahre später misslungene Sätze meinerseits wortwörtlich zitieren (während ich mir sonst kaum etwas merken kann) und dann auseinandernehmen, die Fehler aufzeigen, den Stil kritisieren, die enttäuschten Reaktionen meiner Gegenüber in allen Details und noch nachträglich aufgebauscht in einer Endlosschleife wiederholen.

Überzeugende Verbesserungsvorschläge sind eher selten.

Als wenn es etwas Gutes wäre, ausdauernd im Selbstmobbing zu sein.

Als würde meine destruktive Kritik Jahre später endlich etwas bewirken, wo sie es Stunden und Tage später schon nicht tat.

Als würde es mein jetziges Verhalten oder gar meine Stimmung verbessern.

Als hätte ich in der Gegenwart nicht genügend, worüber ich nachdenken müsste.

Als gäbe es nicht Erfreulicheres aus der Vergangenheit.

Ich bin nicht nur unerträglich; ich bin ausdauernd, chronisch rezidivierend unerträglich.

Während der Fortbildung:

Wärest du da vorne am Pult, wie würde ich gespannt jedem Wort lauschen, wie würde ich den Klang deiner Stimme genießen. Wir würden uns heimlich in verschachtelten Nebensätzen treffen, denen sonst keiner folgen konnte.

Wäre das deine Hand gewesen, die eben aus Versehen meinen Arm berührte, was würde meine Haut jubilieren. Magie flösse durch meine Adern, als wären deine Finger Zauberstäbe.

Säßest Du hier neben mir ...

...

... immer wieder: Im Herzen entsteht ein leichter, luftiger, fröhlicher Text, ich spüre dich neben mir und das Glück aus meinen Augen sprühen und dann versuche ich, nur ein bisschen davon niederzuschreiben, aber auf dem Blatt, ausformuliert, zieht dieses Übermaß an Konjunktiv den Text auf einmal schwer auf den Boden.

Im Herzen ist der Text zum Glück immer noch leicht und flattert verträumt hin und her.

Konjunktiv: In Träumen ein Aufwind, in der Realität drückende Schwerkraft.

Zwischen dem großen und manchmal wild brausenden Meer der Liebe und dem endlosen und manchmal fruchtbaren Acker der Freundschaft ist ein hoher Deich. Zumeist ist alles relativ klar, auf der einen Seite oder auf der anderen.

Doch wir ... wir toben oben auf dem Deich herum, zeigen uns Faszinierendes in der Ferne, auf der einen, wie auf der anderen Seite. Ab und zu rollen wir den Deich hinunter, lachend, voller Glück und glühend für den anderen, und uns ist es egal, auf welcher Seite. Wir fühlen uns auf beiden Seiten wohl und Zuhause. Uns ist egal wo, Hauptsache wir.

Was es sei? Freundschaft? Liebe? Wir wissen es nicht. Es ist uns auch egal. Wir sind glücklich.

-62-

... als wäre unsere Existenz hier auf der Erde ein Spiel auf einer Geburtstagsfeier, nur eine kurze Unterbrechung unseres wirklichen Lebens.

Die Regeln erfordern es, dass wir für die Dauer des Spiels verkleidet sind und so tun, als würden wir hierhergehören, an diesem fremden Ort, dem Zimmer des Geburtstagskinds.

Und: Wir sind für die Dauer des Spiels getrennt, tun so, als würden wir zu jemand anderem gehören.

Kein Problem. Es ist ja nur für die Dauer des Spiels und tief in unseren Herzen wissen und spüren wir ja: In unserem richtigen Leben, in unserem richtigen Zuhause, da gehören wir zusammen, da sind wir zusammen glücklich, auf ewig vereint, nicht nur körperlich.

Hier auf der Party, während des mäßig lustigen Spiels, fühlen wir uns unvollständig (auch wenn wir einen netten anderen Partner zugelost bekommen haben).

-63-

Ein prall gefüllter Tag mit Vogelgezwitscher und Sonnenstrahlen durch den Vorhang beim Aufstehen, leckerem Kaffee, anstrengender Arbeit. Gute Musik im Auto und sogar endlich vernünftige Sommerschuhe gefunden und doch, erst jetzt am späten Abend, wo ich hier in Ruhe mit meinem Wein sitze und aus dem Fenster starre und an dich denke, jetzt beginnt der Tag, jetzt macht alles Sinn, jetzt füllt sich dieser Tag mit richtigem Leben, jetzt bekommt alles Farbe und Wärme.

Du bist in meinen Gedanken und aus den vielen kleinen Ereignissen des Tages, die alle für sich keine Bedeutung hatten, wird auf einmal eine ganze, große, spannende Geschichte.

Durch dich ist aus meinem faden Leben ein schmackhaftes Festmahl geworden. Eine Prise von dir, nur ein Hauch von deinem Geschmack, von deiner Schärfe, deiner Intensität und du durchdringst mein Leben und machst aus einer gewöhnlichen Suppe eine unvergessliche Mahlzeit.

-64-

Ich bin kein guter Freund. Ich gönne ihr nur ungern Glück, wenn es nicht von mir kommt.

Dass Cidira verheiratet ist, eine ganze Zeit auch glücklich, hat mich nie wirklich eifersüchtig gemacht.

Und jetzt war ich einfach froh, dass wir uns nach ein paar Jahren Schweigen wieder gut verstanden; eine ähnlich tiefgehende Freundschaft wie damals, wenn auch nun aus der Ferne, dass ich ihr Hilfe, Freude, Inspiration sein konnte ...

Dass sie jetzt einen weiteren guten Freund hat, der sie durch schwere Zeiten trägt und dabei deutlich näher wohnt als ich - das macht mich wahnsinnig.

Sie geht heute Abend mit ihm Essen und jedes Mal, wenn ich beim Spaziergang eben ein Paar Händchen halten sah, ging ein Stich durch mein Herz, wenn ich mir vorstellte, wie sie nach einem köstlichen Essen mit leckerem Wein Hand in Hand mit ihm nach Hause geht. Das eine Mal hätte ich beinah geheult. Was ein Quatsch!

Also - endlich mal weinen können, wäre ein großer Therapiefortschritt, aber was ist das andere für ein Müll?!

Ich bin relativ sicher, dass sie nicht Hand in Hand gehen werden, aber selbst wenn: Ihren Mann sollte das interessieren, aber: Was geht es mich an?

Da ist irgendein tiefes, elendiges Gefühl von zurückgesetzt sein in mir, das sehr leicht getriggert wird. Die ewige Angst (eigentlich mehr die Überzeugung, das gefühlte Wissen), dass halt jeder, der mich nach anfänglicher Faszination näher kennenlernt, erleichtert ist, wenn er nichts mehr (oder wenigstens seltener) mit mir zu tun haben muss, sondern das Gleiche mit jemand anderem unternehmen kann. Weil ... (fast) jeder andere ist unterhaltsamer! Viele halt auch hübscher und mit eigenem Willen ausgestattet.

Ich genüge nicht, nicht dauerhaft. Ich bin ein kurzer Feuerzauber. Ha! Das hört sich nach fröhlichem Leben an. Wenn, dann fasziniere ich kurzzeitig durch gekonnte Melancholie am Klavier, in einem Buch; durch Höflichkeit oder durch gutes Zuhören und durch unerwartetes Verstehen der Tiefen der seelischen Abgründe.

Aber man will doch nicht wochenlang über die seelischen Abgründe reden, über Nervendes lästern. Zynismus macht auf Dauer keine Lebensfreude.

Lebensfreude. Das wäre, was ich gerne geben könnte.

Fast nie.

Cidira, damals eine Weile, aber ich an sie oder doch nur sie an mich? Wo bitte schenkte ich ihr denn Lebensfreude?

Ansatzweise mit Musik, die aber zu 90% bei mir auch aus ruhigen, eher traurigen Stücken besteht.

Keine Ahnung. Es schien, dass ich ihr für ein paar Wochen Lebensfreude bereitete. Ich kann es nicht ernsthaft bestreiten. Es ist mir halt ein komplettes Rätsel.

Bis sie dann doch aus dieser unerklärlichen Trance aufwachte und merkte, dass es richtige, dauerhafte Lebensfreude geben könnte ..., woanders.

Und all die anderen, die ich nur ein paar Abende kannte und zu denen ich noch losen Kontakt habe: Wäre ich ihnen immer noch etwas, wenn sie ein paar Wochen mit mir zusammen wären? (Schon bei ein paar Tagen hintereinander wäre ich skeptisch. Bei Wochen ... hopeless!)

Ich bin für einen Tag eine nette Abwechslung. Künstleratmosphäre und Empathie, die sie in dem Maße bei ihren Partnern nicht finden, womöglich in einer schwachen Stunde auch mal kurzzeitig ein „What if?", aber sobald sie ernsthaft darüber nachdenken oder wieder einen gegen Ende doch eher ereignisarmen Tag mit mir verlebt haben ...

(Was jetzt gegenüber einigen lieben Erinnerungen sehr gemein ist. Das kann ich richtig gut. Vieles, was ich schreibe, ist gemein gegenüber den mir Wohlmeinenden, aber es ist ja ich und angeblich bin ich doch einfach ich und so wie ich sei, sei es gut. Authentizität ist nicht immer etwas Gutes. Natürlich müsste hier eigentlich längst schon eine „Klammer zu" kommen, aber die passt jetzt nicht mehr. Wir sind nämlich gerade bei einem Hauptthema des Leon angekommen, das nicht in Klammern gehört, keine Nebensache, Rand- oder Zusatzbemerkung ist! Da ist so viel in diesem Ich, das ich bin, ohne Zweifel, das ich aber überhaupt nicht gut finde! In diesem Bereich: „Freunde, und ihnen von anderen Gutes gönnen" finde ich mich Scheiße! Die Vorstellung, dass geliebte Erinnerungen jemanden haben, der ihnen mehr bedeutet als ich, erfüllt mich mit Schmerz. – Das bin ich? So ein Scheißfreund? Und das soll gut sein?

I haven't even started ...

Weil, da ist ja auch noch: Viele ehemalig gute Freunde, die ich nicht nur einfach aus dem Blick verloren habe, sondern die sich klar von mir distanzieren, überwiegend ohne dass ich weiß warum. Einfach weil ich Ich war?

Ich bin ich und so wie ich bin, ist es gut.

Das ist doch nur therapeutisches Verkennen der Realität. Aber: Gibt es zu diesem Verkennen eine Alternative?

Bin ich noch - ins Positive – zu ändern?

Ich habe keine Ahnung – war der Satz, der mir dazu als erstes einfiel, der aber Unfug ist, da ich eine sehr deutliche Ahnung habe.

(Falls ich die Ahnung nicht hinschreibe, wonach es momentan aussieht, so wäre ich doch, zumindest im schriftstellerischen Bereich, zu einer marginalen Besserung fähig. Glaub ich. Okay, etwas optimistisch. Hoffe ich. Ach, kleine Hoffnungsfunken - die größten Überlebenshilfen.)

Ich bin ich, und so wie ich bin, ist es gut.

Eine Lüge als Überlebenshilfe ist womöglich mehr wert als eine Wahrheit.

„Ich bin ich, und so wie ich bin, ist es gut."

Einfach nur geistige Onanie? Schreiben als Selbstbefriedigung?

Nein. Weiterhin: Schreiben als Selbsttherapie. Dabei sollte ich bleiben. Es hat lange Zeit geholfen. Wollte ich je ernsthaft mehr? Ja. Klar. Dass sich die wesentlichen Menschen darin wiederfinden, einen Pessoa finden, einen Seelenverwandten und ab und zu damit halt eine Stütze zum Festhalten.

Cidiras Freundin hat damals zu ihr gesagt, ich sähe sie nicht verliebt, sondern verzweifelt an.

Oft benötige ich für Erkenntnisse über meine Gefühle, dass jemand anders über sie spricht; erst wenn sie meine Gefühle aussprechen, bemerke ich sie überhaupt, fühle sie dann das erste Mal bewusst. Meine Gefühle machen mir gegenüber immer ein ziemliches Geheimnis, anderen gegenüber scheinen sie deutlich offener zu sein.

Jedenfalls: Verzweiflung. Ja, in der Tat. Desto mehr ich einen Menschen liebe, umso dringlicher möchte ich etwas wirklich Gutes für ihn sein, umso mehr verzweifle ich daran, was ich halt in Wirklichkeit bin.

-65-

„Ich gehöre nicht dazu."

Wahrscheinlich habe ich den Satz noch nie laut gesagt, jedenfalls kann ich mich an keine Situation erinnern. Auch wörtlich gedacht habe ich ihn, wenn überhaupt, nur selten, aber es gibt keinen Satz, der mein Leben, wenn das Leben ist, was ich hier betreibe, ich kenne Menschen, die leben wirklich, intensiv, leidenschaftlich, voller Kraft, Begeisterung und ansteckender Freude, ach, selbst die es voller Hass, Zerstörungswut und trotz fehlender Empathie und fehlendem Verstand mit Enthusiasmus betreiben ... sie leben ja alle, sie gehören dazu, aber ich ging verloren, irgendwo vor vielen Nebensätzen, Einschüben und Kommas. Ich bin noch hier, aber der Satz hat sich längst von mir entfernt und seitdem er sich von mir entfernt, wird er immer lebendiger und kraftvoller.

Ich bin eine stehengelassene Klammer, die etwas erklären könnte, was aber sowieso jedem klar ist, was schon oft und besser erklärt wurde, überflüssig, eher aus Faulheit oder Unachtsamkeit noch nicht weggestrichen.

Denn, auch das: Ohne mich ist jeder Satz flüssiger, prägnanter, wohlklingender; genau wie jede Party, Feier, Gesellschaft ohne mich unbeschwerter ist. Das weiß ich nicht, mir wird oft das Gegenteil beteuert, aber ich fühle es intensiv und unbeeinflussbar fest, jedes Mal.

Ich störe, ich gehöre nicht zu ihnen, sie sind genervt, aber höflich; die meisten so geübt darin, dass es kaum auffällt, von außen, anderen, relativ Unbeteiligten, dass ich störe.

Es bedarf schon einer besonders sensiblen Begabung, um es zu bemerken. Vielleicht meine einzige wirkliche Hochbegabung:

Ich spüre auch nur das winzigste Vorbeben einer aufkeimenden Abneigung gegen mich, der erste Hauch von Genervtheit wird bei mir schon registriert, bevor das Gegenüber ihn selbst bemerkt.

Hm ... Nach diesem überraschend aus mir herausgeplatzten Anfangstext ist es wohl albern, noch zu schreiben, dass das nichts wird heute. Nicht das Gefühl, schreiben zu können, aber es schreibt. So ähnlich wie das Leben halt - eigentlich nicht das Gefühl, dass ich noch ernsthaft etwas zu leben habe, aber es lebt ... was auch immer.

Die Feier war erträglicher, als ich gedacht habe, zeitweise sogar schön und lustig.

Ich werde durchaus häufig positiv überrascht vom Leben. Aber noch nie, ohne dass dabei auch mitschwang, manchmal dadurch noch verdeutlicht wurde:

Nicht meine Welt.

Ohne sagen zu können, wo und was meine Welt ist oder wie sie aussieht. Nicht mal die Andeutung einer Richtung.

Ich bin ja nicht mal auf der Suche.

Die Gnade der Vergänglichkeit. Ich lasse das zum Glück recht kurze Leben über mich ergehen, bis es vorbei ist.

Ich rechne nicht damit, dass hier für mich ein Platz, eine Heimat vorgesehen ist.

Ich bin ein Versehen, mir ist keine Bestimmung zugedacht. Überflüssig.

Meine einzige Bestimmung:

Nicht stören. Den Ablauf, der mir nicht gefällt, für den ich aber auch keine Alternative habe, nicht aufhalten. Nicht im Wege stehen, nicht auffallen.

Das bekomme ich recht gut hin.

Ich habe keine Ahnung, was ich fühle. Etwas Intensives läuft in mir ab, ohne dass ich es auch nur ansatzweise begreifen kann. Ich mag das nicht, wenn ich keine Deutungshoheit über meine Gefühle habe. Jegliche Autorität verloren, ohne sie je besessen zu haben.

Meine Gefühle machen, was sie wollen und sind furchtbar wenig mitteilsam. Wie ein Pubertierender: Meine Gefühle erzählen nichts, reagieren auf Nachfrage eher genervt.

Leon, was gehen dich deine Gefühle an? Lass sie mal machen. Sie sollten jetzt erwachsen sein und auf eigenen Füßen stehen.

Toll! Und wofür genau werde ich noch gebraucht? Verstand (und Schrift) sind zu großen Teilen weggesoffen. Empathie wird im Beruf nicht benötigt, ist sowieso ziemlich verbraucht und den Satzanfang habe ich auch schon wieder vergessen.

Bin zu müde oder zu bockig, um nach oben zu gucken.

Egal, ich fange einfach eine neue Seite an und habe sowieso schon lange das Gefühl, dass es um keinen krepierten Satz wirklich schade ist. So viele gelungene, vollkommene Sätze, die ungehört verhallten oder wie dieser nicht mehr wirklich lesbar sind oder wie einige in Tagebüchern oder Zettelkisten unauffindbar verschollen sind. Ich spüre immer noch: Sie könnten, sie müssten die Welt verändern, sie müssten berühren, ein Leben prägen.

Aber weder Welt noch andere Leute wollen sich ändern lassen. Ja, selbst ich, was habe ich mir auf diesen Blättern schon gepredigt und kluge Ratschläge gegeben: Leben! Draufzugehen! Probieren! Wagnisse eingehen! - Habe ich irgendetwas davon ernsthaft, womöglich dauerhaft umgesetzt?

Schmeiß ich meinen Job hin, um das, was ich als mein Leben erkannt habe, auszuleben?

Ich zelebriere Selbstmitleid und Pseudo-Burnout und bin angeblich zu erschöpft, um zu schreiben. Reicht noch gerade, um zwei Stunden am Tag durch Facebook zu scrollen.

Falls ich doch mal irgendwann aus Versehen ... Jetzt und hier: Ich glaub nicht dran!

Drei Männer an der Längsseite der Theke. Bier und eine hübsche Bedienung. Eben sprachen sie über Brüste und Schwerkraft. Das hätte bei Peter, Paul und mir früher locker für einen ganzen Abend gereicht. Aber die drei hier sind dauernd abgelenkt, ziehen immer wieder ihre Smartphones aus der Jacke, tippen, zeigen sich Filmchen, kontrollieren was auch immer.

Was bin ich froh, dass es die früher noch nicht gab.

Ich wurde zur richtigen Zeit geboren.

Nicht nur deswegen. Auch:

Meine Lieblingskneipe machte, wenige Jahre nachdem ich dort von der Muse geküsst wurde, zu; der frei zugängliche Flügel in der Kirche wurde, kurz nachdem ich dort die meisten meiner Lieder erfunden hatte, weggeschlossen.

Von den wunderbaren Bedienungen damals will ich gar nicht erst anfangen ...

(Also, ich will schon, aber der Leser rollt mit den Augen - Och nö! Nicht schon wieder!)

Jedenfalls bin ich froh, dass es damals nur den Türken mit den Rosen als kurze Ablenkung gab und ich nicht dauernd in Versuchung war, auf mein Smartphone zu starren, um zu schauen, ob sich Cidira doch noch gemeldet hat.

Viel Literatur wäre verloren gegangen.

Bleibt natürlich die Frage:

Wäre das ein Verlust gewesen?

Für mich wäre es auf jeden Fall ein Verlust gewesen, wenn ich diese großen Gefühle, die kaum auszuhaltende Spannung und Vorfreude auf den Briefträger und auch die intensive Er-nüchterung nach seinem Kopfschütteln nicht erlebt hätte.

Wenn dann ein Brief von ihr dabei war – einen ganzen Tag lang konnte ich mich unbeschwert freuen, den Brief immer wieder lesen und ans Herz drücken, jubelnd in die Natur laufen und all das, was ich mir heute schon kaum noch glaube, aber es war so und es wäre nicht so gewesen, wenn ich nach einer guten Nachricht von ihr schon wenige Minuten später wieder aufs Handy geschaut hätte, ob sie noch etwas geschrieben hat, schon hätte nachschauen müssen, ob sie auf meine Antwort geantwortet hat.

Stundenlanges Warten auf die Post, diese ungeheure Kraft des leeren Briefkastens.

Ohne sagen zu können, was genau das in mir geprägt hat, es ist ein sehr wichtiger und dauerhafter Stempel.

„Sperma ... literweise Sperma!"

Keine Ahnung, worum es bei den inzwischen fünf Männern neben mir gerade konkret geht, aber mir scheint, sie sind endlich wieder bei wichtigen Themen angekommen.

Doch leider nur für einen Moment. Jetzt sind schon wieder drei von ihnen mit ihren Smartphones beschäftigt.

Es war knapp, aber:
Die Technik hat gewonnen. Mann hat verloren.

Der Vollständigkeit halber:
Frau hätte wahrscheinlich auch verloren - obwohl:
Eierlikör trinken und als Gesprächsthema Schuhe - Sie hätten es geschafft.
(„Schuhe ... literweise Schuhe!")

Ich habe eine Depression. Das erscheint mir, selbst wenn ich es noch nie so klar hingeschrieben habe, als nichts Neues. Hatte ich jemals Grund, keine Depression zu haben?

Ich hatte sie schon immer, aber sie saß immer gut kontrolliert und relativ unmotiviert in meinem Gemüt.

Inzwischen hat sie am Erfolg geschnuppert und hofft, der Chef zu werden. Und ich weiß nicht mal, warum ich sie daran hindern sollte. Ich bin noch nie mein Chef gewesen - so im Sinne von Führungskompetenz.

Andere allerdings erst recht nicht.

Ich bin kaputt. Deutliche Abwärtstendenz bei fast allem, außer der Gewichtskurve.

Ich fühle mich oft ernsthaft körperlich krank, kann sein, dass der Blutdruck nicht mehr in Ordnung ist, Schwindel - es reicht für eine lange dramatische Anamnese ohne ärztliche Diagnose. Auch eine dezente Blasenschwäche, fehlende Libido, Schlafprobleme immer wieder. Aber das Beunruhigendste:

Die Gefühle, die Seele ... da ist etwas ganz entschieden kaputt. Eigentlich das Leben.

Bin mir sehr unsicher, ob mir je wieder ein Buch gelingt, bin mir sehr sicher, dass keines ansatzweise so gut wird wie das letzte.

Mein Gemüt momentan wie Elinors Schwester bei *Sinn und Sinnlichkeit*: schwerkrank im Bett, bewusstlos, völlig unklar, ob sie je wieder zum gesunden, fröhlichen Leben erwacht.

Ich bin mir selbst gegenüber nicht ehrlich. Eines der Hauptziele der Psychotherapie ist ja, meine Gefühle zuzulassen (und

Willen entwickeln), und ansatzweise gelingt es mir schon und dann ist da aber halt oft das sehr, sehr deutliche Gefühl:

Blick in den tiefen, sehr tiefen Abgrund. Immer wieder der Alptraum zu fallen, ohne den Boden zu sehen.

Mein Gefühl, was sofort als erstes rauskommt, wenn ich den Raum aufsperre, in dem ich meine Gefühle jahrzehntelang eingesperrt habe:

Panik und Lethargie in einem.

Ich habe in allem völlig versagt, jeden, dem ich näher begegnet bin, bitter enttäuscht.

Ich bin nichts wert, wenn ich nicht zufällig gerade etwas Geistreiches gesagt, oder geschrieben habe.

Es gäbe niemand, dem es schlechter ginge, wenn ich nicht da wäre, wenn es mich nie gegeben hätte, einige wären gar befreit.

Ich gehöre hier nicht her. Ich bin ein störender Faktor, ein Stimmungskiller, ein Miesepeter und ich habe viele Menschen kurz aufgeweckt, sie schauten interessiert auf, sahen mich genauer an, begriffen, welch ein hoffnungsloser Fall ich bin und grübelten ab dann, wie sie mich einigermaßen höflich loswerden könnten.

Da wohnt ein Monster in mir und ich bin mir nicht sicher, dass es eine gute Idee ist, es befreien und besiegen zu wollen. Ich glaube nicht an den Hauch einer Chance.

Es war eine große Leistung, womöglich lebensrettend, es erfolgreich einzusperren, und ich setze alles aufs Spiel.

Wofür?

Was erwarte ich denn?

Dass ich es besiege, das Monster, und hinterher in Frieden mit mir lebe, lebensfroh und voller Energie?

Dass ich mich auf einmal mag, meine Sensorik genieße, womöglich sogar mein Spiegelbild nicht mehr abstoßend finde?

Dass ich Sätze, Gefühle, Meinungen, Ideen sage oder schreibe, ohne sie vorher mindestens zweimal durchzudenken, ohne mir alle möglichen enttäuschten Reaktionen vorzustellen?

Dass ich Gefühle spüre, dass ich, das wäre das Erstaunlichste, herzhaft, ohne zu denken, voller Überzeugung, nein, sogar völlig frei von allem, auch Überzeugung, völlig unbeschwert lachen könnte?

Dass ich Glück nicht nur wissen, sondern fühlen könnte?

Das alles erscheint mir eine amüsante Idee für einen Witz, ich grinse sogar schon, aber Realität? Ernsthaft?

Ach, Leon. Ich dachte, du hättest schon etwas mehr über dich begriffen. Just remember:

Du bist hier nur geduldet, du gehörst nicht dazu.

Du brauchst gar nicht versuchen, dich ernsthaft zu integrieren. Selbst wenn es gelänge, du wirst immer ein Fremder bleiben.

Du könntest besser sein als sie. Du wirst nie dazugehören.

Du bist geduldet, aber eine falsche Bewegung, ein falscher Satz, oder auch gar nix von dir, nur schlechte Stimmung bei ihnen:

Du fliegst raus, wirst zurechtgestutzt, du landest da, wo du hingehörst: Äh ... Ja ...

Da ist ja nix.

Ich gehöre nirgendwo hin, aber halt am wenigsten hierhin.

Am Nebentisch ein sympathischer Mann, der vorhin, als er von der Toilette zurückkam, die Kerze auf meinem Tisch angezündet hat. Das Einzige, was die gute Bedienung übersehen hat. Er hat eine angeregte und ernsthafte Unterhaltung mit einer hübschen Frau. Wahrscheinlich das erste Date, jedenfalls deutlich noch ein Suchen und Abtasten, sehr leicht und fröhlich, bis sie die Killerfrage stellt:

„Was denkst du über mich?"

Ich erstarre mitten im Schreiben, atem- und sprachlos. Gut, dass ich nicht gefragt wurde.

Auch zwei Minuten später noch erhöhter Puls, mühsames Atmen, bei ihm sowieso, skurriler Weise auch bei mir. Diese Frage war ein heftiger Schlag vor den Brustkorb.

Er murmelte, nach kurzem panischem Luftholen, etwas davon, was er alles nicht von ihr wisse. Wie es ihr gehen wird, wenn sie heute Abend nach Hause kommt, ob sie morgen früh noch denkt: „Wow! Ein toller Abend!"

Keine schlechte Strategie. Ach Quatsch, Strategie - Reflex, Notwehr, spontanes Auffangen beim unerwarteten Sturz.

Ich gehe zur Toilette, um mich zu erholen. Als auch er kurz darauf die Örtlichkeit besucht, höre ich bei seinem Reinkommen ein „Fuck!", das von Herzen kommt.

Ich hätte ihm sagen sollen, dass er sich tapfer geschlagen hat, deutlich besser als ich es gekonnt hätte, aber das interessiert ja nur mich, nicht ihn. Was ihn interessiert hätte: wie sorgfältig sie sich fertig gemacht hat, als er vorhin auf Toilette war. Lippenstift nachziehen, Spiegel, Haare sortieren ... Sie hatte auf eine richtig gute Antwort gehofft.

119

Ob ihr Bedürfnis so groß ist, dass auch diese spontane, nicht filmreife Antwort reicht?

Die Verzweiflung in seinem Gesicht, in der gesamten Körperhaltung, all das müsste einer mitfühlenden Frau doch gereicht haben. Möge sie nicht auf der Suche nach einem unfehlbaren Helden gewesen sein, der immer spontane geniale Antworten parat hat.

Ich würde es ihm gönnen.

Allein schon wegen der Kerze.

-71-

Das Buch der Unruhe – Ha! Was ich hier sammle, sind ja nur die gelungenen Texte an den zwar auch beunruhigten, aber harmlosen Tagen. Die wirkliche Unruhe, die mich so viel häufiger überfällt, sie lässt mich meist sprachlos; wenn sie großzügig ist, immerhin noch einzelne Worte stammelnd, aber ich bekomme dann, selbst in Gedanken, keinen Satz zusammen, geschweige denn etwas, was es trifft.

Es.

Mehr weiß ich dazu nicht zu sagen.

Eventuell ein paar Adjektive, die Es streifen oder andeuten, was Es mit mir macht.

Aber das ist dann nur ein kurzes Räuspern, ein kleiner Schrei in einem schalldichten Raum mit undurchsichtigen Scheiben. Was hier drinnen passiert, wird nie nach außen dringen.

Man sieht noch Spuren an mir, wenn ich Tage später den Raum (mit Es) verlasse, aber es sind völlig unzureichende Andeutungen dessen, was dort passiert.

Sogar ich, der ich drinnen bin, Es erlebe, kann hinterher kaum noch etwas erinnern. Es zerreißt in diesen Phasen nicht nur mein Ausdrucksvermögen, sondern auch jegliches Bewusstsein.

Nein, nicht jegliches Bewusstsein, nur das übliche Bewusstsein, für das ich Worte habe. Es wird ersetzt von einem temporären, für Schmerzen und Verzweiflung hochsensiblen Bewusstsein.

Ein vernichtendes, unübersetzbares Gedicht in einer Sprache, die ich nur in diesem Moment, dafür aber sehr gut verstehe, die außer mir keiner kennt.

Unfug! Wahrscheinlich kennen viele diese Sprache, können sie aber auch nur in diesen Momenten, diesen Phasen verstehen und nicht sprechen. Wie soll man sich darüber austauschen?

Es bleibt immer ein sehr entfernter, leiser Verstehensfunke, der kurz leuchtet, aber nichts entzündet.

Es ist eine einsame Sprache, eher ein Code, eine Mutation. Wir sprechen nicht den gleichen Code, haben nicht die gleiche Mutation, das einzige, was uns verbindet:

Wir sind und sprechen anders, aber nie werden wir jemanden finden, der die gleiche Sprache spricht, uns wirklich versteht.

Unsere Seele, aber insbesondere unsere Verzweiflung ist eine sehr einsame. Sie ist einzigartig wie ein Fingerabdruck.

Es gibt Ähnlichkeiten, aber ... ach ... Text ... Willst du nicht oder kannst du nicht?

Ich wäre dir dankbar, wenn du die Antwort, die offensichtlich ist, die ich ja weiß, nicht laut aussprichst.

Es gibt Milliarden großer Probleme auf der Welt und doch ist meine Wahrnehmung so fokussiert (oder reduziert), dass ich nur dieses eine Problem sehe.

Ich bin müde, zu kaputt, zu resigniert, um heute noch einen konstruktiven Gedanken zu kreieren, irgendein kleines passendes Stück des Puzzles zu finden.

Ich könnte jetzt ins Bett, ich sollte dringend ins Bett, wenn das denn etwas nützen würde, wenn ich denn schlafen könnte, wenn ich denn dann morgens wach und klar wäre, um endlich, mit frischer Energie, den entscheidenden Durchbruch zu schaffen.

Ich kann nicht schlafen, ich kann nicht denken, ich kann nicht mehr. Ich mag sie. Immer mehr. Ich liebe sie womöglich sogar, aber das ist ja nicht das Problem und hilft in dieser Situation nicht weiter.

Ich würde viel darum geben, ihr gerecht zu werden. Sie ist irgendwie ...

Wenn dir zu Menschen die Worte fehlen ... Du, statt, dass du weitergeschrieben hättest, dich Minuten später dabei erwischst, wie du verträumt in die Gegend starrst, dann ist das wohl ein besonderer Mensch. Oder mehr ...

„Ich find dich Scheiße!"

Das ist jetzt mal ein Lied, bei dem ich mich sofort persönlich angesprochen fühle.

Obwohl es gar nicht wirklich stimmt.

Ich finde mich ja knuffig, bin von meinen Büchern und meinem Facebook-Profil begeistert, mag meinen Musikgeschmack.

Ich käme mit mir zurecht, gut sogar, in einer anderen Welt.

Es ist deutlich das Außen, das mich fertigmacht, Energie raubt und auf der Stimmung herumtrampelt. Ich selbst nicht, auch nicht die wenigen Freunde, nur sehr wenig die Arbeit, aber sehr, sehr viel Politik und insbesondere große Teile der Bevölkerung, der Wahlberechtigten.

Der Plan war ursprünglich, heute Abend mal ein paar Sachen durch Schreiben zu verarbeiten; die letzten vier Jahre voller Katastrophen aufzuarbeiten.

Weder Lust noch Kraft noch Inspiration.

Was denn auch? Noch mal alle Toten, Kranken und sonstigen Dramen auflisten? Das Bemerkenswerteste ist ja, dass mich kein Tod so unvermittelt und überraschend tief getroffen hat, wie der von Alan Rickman vor wenigen Tagen.

Ich wusste es bis dahin nicht, aber ich nehme fast an, er war mein Lieblingsschauspieler und womöglich ähnlich wie Elke Heidenreich meiner Seele sehr nahe.

Wäre wohl vermessen, von Seelenverwandtschaft zu sprechen. Wenn, wäre ich ein unbedeutender, entfernter Verwandter, der bei den Familientreffen still am dunklen Ende des Tisches säße und Elke, Alan und Kurt (Tucholsky) ehrfürchtig lauschen würde. Glücklich und stolz dazu gehören zu dürfen, auch wenn mich niemand wahrnimmt.

Der Bassist der Band. Was ich schreibe ähnlich wie Bob Siebenbergs (Supertramp) Solo-Album: Nett, ein Lied sogar oft angehört, aber sowohl zum Ruhm als auch zum immer wieder gehört werden fehlt etwas.

Die Begabung ist da. Das Charisma, das gewisse Etwas, das fehlt. Ich werde immer im Hintergrund, im dunklen Bereich der Bühne stehen.

Ich bin der Mond, während alle anderen in der Familie Sonnen sind. Sie scheinen aus sich heraus, geben Wärme und Licht. Ich reflektiere man gerade einen schwachen Abklatsch, unfähig zu wärmen, evtl. ab und zu hell genug, um einen Weg zu bescheinen und einen Sturz in den Graben zu verhindern.

Das nicht ganz Stimmige an diesem Vergleich:

Der Mond mag sich gegenüber der Sonne zwar ähnlich unbedeutend und schwach vorkommen wie ich gegenüber Tucholsky und sonstigen - aber für mich ist der Mond der deutlich größere Kult als die Sonne. Weil er Cidiras und meiner ist, seit jener Nacht nach dem Musical, weil er noch heute unsere Grüße übermittelt, unsere Herzen verbindet.

Weiß er es? Weiß er, dass er der Kult ist und nicht diese allgemein beliebte, heiße, helle, starke Sonne?

-74-

Kaum auszuhalten hier in der Kneipe. Alle Typen und Typinnen bekloppt. Außer mir singt jeder mit bei „Atemlos durch die Nacht" und jetzt auch noch bei „Barbie-Girl".

Wo sind die melancholischen Thekenhänger von früher? Die verständnisvollen Bedienungen, die zuhörten oder gekonnt so taten?

Das Bier ist lauwarm, schal, zu süß; die Toilette eine Zumutung. Das Wasser - ach, wenn es Wasser wäre! - bedeckt fast den ganzen Boden vor den drei Pissoirs. Mit Mühe kommt man an dem Tümpel trockenen Fußes vorbei in eine trockene Kabine, in der der Klodeckel und der Toilettenpapierhalter fehlt.

Es ist kaum erträglich hier, aber halt doch so viel besser als zuhause. Ich nicke, als die Bedienung mit fragendem Blick auf mein leeres Glas zeigt.

Eben noch mal auf der Toilette gewesen:

Ich stehe am einzigen noch trocknen Schuhs zugänglichen Pissoir, da kommt jemand rein und stöhnt: „Das ist ja voll eklig, Alter!", geht nach etwas Überlegen in eine Kabine, schimpft beim Pinkeln weiter vor sich hin, wie eklig das hier alles ist, und geht dann, ohne sich die Hände gewaschen zu haben, wieder raus zu seinem Bierglas und seiner Begleiterin.

-75-

Ich bin wie die linke Hand eines Linkshänders, der nicht weiß, dass er Linkshänder ist, weil er, wie so viele, zur rechten Hand gezwungen wurde oder einfach nur auch Rechtshänder sein wollte, weil es halt alle sind.

Etwas muss getan werden. Die linke Hand zuckt sofort hervor, verharrt dann aber in der Luft. Sie ist nur die zweite Geige, die Stützhand, zum Abzählen geeignet. Nein. Natürlich macht das die rechte Hand, wie immer.

Ich habe meine Seele, mein Handeln, mein Sein auf rechts eingestellt. So sind schließlich alle. Doch ich spüre die ganze Zeit eine tiefe Unzufriedenheit, weil ich ahne, dass ich alles eigentlich besser könnte. Meine Seele, mein Handeln, mein Sein – alles funktioniert ganz gut. Keinem fällt etwas auf, aber ich habe, selbst wenn ich erfolgreich war, immer das Gefühl:

Das hätte ich besser machen können.

Variationen über ein Thema:

„Am siebten Tage ruhte Gott."

- Der achte Tag begann gestern Abend kurz vor der Tagesschau. Gott wachte auf, sah sich die Schöpfung an und murmelte: „Oh, shit!" Dann ging er in den Nebenraum, um seine Brille zu holen.

Was er sagen wird, wenn er das Desaster deutlich und in allen Details sieht? Schon beim Rausgehen grummelte er:

„Wäre ich doch früher ins Wochenende gegangen! Wieso nur konnte ich nach den Landtieren nicht aufhören?"

- Am achten Tag erschuf Gott das Nichts und die Leere. Und er sprach zu ihnen: „Macht euch die Menschen untertan! Seid furchtbar und mehret euch, bevölkert die Erde, unterwerft sie und herrscht über Gedanken, Träume und Fantasie der Menschen, die sich auf dem Land regen."

Ist schon eine Weile her. War erfolgreich.

Mein ständiges Starren ins Leere hier und mein Denken ans Nichts könnte man demnach als Bewundern von Gottes Schöpfung bezeichnen.

- „Gott ist tot."

„Wenn es einen Gott gibt, wie kann er das zulassen?"

Steht doch da: Er ruht.

Da schafft man extra vernunftbegabte Wesen, damit die auf die schöne Schöpfung aufpassen, während man sich mal kurz für ein paar Jahrtausende hinlegt und dann sowas. Die Schöpfungssitter haben Mist gebaut.

Akutes Glück konnte ich nie schreiben, deswegen jetzt wenig Hoffnung, akute Depression angemessen ausdrücken zu können.

Als Musik läuft gerade: „Ich will einfach mit dir vögeln!"

Okay, das hätte ich nicht so direkt und treffend schreiben, geschweige denn sagen oder singen können. Andere können sowas.

Ob der Liedtexter, all die Casanovas womöglich hochbegabte Schriftsteller wären? Könnten sie einfach ganz spontan in kurzer Zeit viel treffender und prägnanter schreiben, wofür ich immer stunden- bis monatelang kämpfe, um hinterher einen Text zu haben, mit dem ich nicht komplett unzufrieden bin, der aber nicht ansatzweise die Breite und Tiefe ausdrückt, die ich fühlte, träumte, erlebte ...

Die Bedienung stellt ungefragt einen Cointreau vor mich hin. Ob sie von der aphrodisierenden Wirkung des Likörs weiß und das Lied eben für mich ... äh, ich kann hier schon weit vor dem Fragezeichen unterbrechen und mit einem klaren „Nein." antworten.

Dunkles Holz, fähige Bedienung, die ungefragt einen Cointreau hinstellt - angenehmes Schreiben müsste das sein, aber spüren tue ich meine Gefühle nicht.

Das ist der Scheiß der Depression: Ich bin von der Fee geküsst, bin glücklich, gesund, von liebenden Menschen umgeben - Ich spüre ... nichts. Die Seele ist mit Teflon überzogen.

Die Umgebung stimmt. Hier müsste ich richtig gut schreiben können. Ich gebe mir einen Ruck: Ich zwinkre dem Blatt zu, den Stift in der Hand, nehme lässig, ohne hinzusehen, mein

Glas und trinke einen Schluck, nachdem ich dem Blatt zuge-
prostet habe, setze das Glas ab, lege den Stift hin und starre
versonnen zu der Bedienung.

Die einzige Coolness, die mir gegeben ist: Aufgaben, die ich
eigentlich erledigen sollte, lässig vor mir herschieben.

-78-

Nach einem Liter ist mir, wie in letzter Zeit oft, schon etwas
übel. Mein Vertrauen in meine Trinkfestigkeit bröckelt. In anderen Bereichen schein ich mich aber noch als Zwanzigjähriger
zu fühlen: Dachte eben, dass die Bedienung sich nicht mit dem
alten Knacker drei Hocker weiter einlassen sollte, dabei ist der
deutlich jünger als ich.

Was ich eigentlich schreiben wollte ... (Als wenn ich das
noch wüsste!):

Keinerlei Vertrauen in mich als Schriftsteller. So eine große
Geschichte in meinen Händen? Hättet die Muse sich nicht
einen kompetenten Autoren aussuchen können?

Und da nützt es auch nichts, dass ich schon sieben Bücher
fertig geschrieben habe und davon ein paar sogar wirklich gelungen finde. Ich nehme mich nicht wirklich ernst. Ich kenne
zwar nur wenige bessere Schriftsteller, aber viele ernsthaftere
Schriftsteller und ..., das Einzige was zählt: Ich genüge mir und
meinen Ansprüchen nicht.

Das letzte Buch war überraschend nahe dran, aber momentan stümpre ich doch wieder vor mich hin. Ich schreibe katastrophal, bekomme es manchmal hinterher beim Abtippen noch
einigermaßen in den Griff.

Was Mut macht: Die Muse scheint weiterhin an mich zu glauben. Sie küsst weiter.

Die Ergebnisse, die bisherigen, stellen mich durchaus zufrieden. Ich würde sowas bloß gerne ohne diese langen Umwege schreiben können, ohne diesen riesigen Schreibabfall, der jedes Mal entsteht. Ich schreibe ca. 1000 Seiten, um 100 zu veröffentlichen.

Meine Effizienz gefällt mir nicht; diese vielen gescheiterten Versuche, teilweise hochnotpeinliche Versuche, bevor ein Satz, ein Kapitel gelingt, all diese Umwege.

Immer wieder das komplette Schuhgeschäft durchstöbern, zwölf Paare ausprobieren, bevor ich eins kaufe.

Ich hätte so viel zu schreiben, aber mir wird nur ein Zehntel davon gelingen, weil ich nicht gut, nicht effektiv schreibe.

Nicht ganz unähnlich zu der Wahrnehmung meiner Wirkung auf Frauen:

Ich knabbre unendlich an den Misserfolgen und wage dadurch nicht, die Erfolge (zugegebenermaßen nicht wirklich zählbaren, aber trotzdem zahlreichen ..., wo war ich?) wirklich zu glauben, sich ihrer, ohne interne Abwertung, zu erfreuen.

Ach, Leon, nur weil du andere Erfolge hast als andere, bist du nicht weniger erfolgreich. Womöglich macht das Außergewöhnliche (Tollpatschige?) ja gerade etwas Unvergessliches aus.

Den ganzen Abend schon gute Musik und jetzt auch die passende:

„I'm a creep, I'm a weirdo."

Das ist genau das, was ich eben versuchte auszudrücken.

Selbst mein Scheitern ist schon beschrieben und besungen; von anderen, deutlich besser!

Und dann wieder: Eben noch in tiefer Verzweiflung gehe ich aus dem Haus, die frische Luft draußen überrascht mich, als hätte ich noch nie welche geatmet, ich sehe den Sternenhimmel und fühle auf einmal eine Leichtigkeit, eine Weite, ein Glück, ein Verstehen, das ich nicht verstehe, das ich nicht in Wort fassen kann, aber das mir Herz und Körper wärmt.

Ich stehe und merke irgendwann, dass meine Arme ausgebreitet sind. Fliegen? Die Welt umarmen? Alles nicht. Etwas völlig anderes! Aber halt etwas Positives. Und damit halt auch etwas völlig anderes als mein ganzes Leben eben.

Habe ich irgendeinen Einfluss auf meine Gefühle?

Aus der endlosen Sammlung: „Fragen, die ungehört und unbeantwortet blieben."

Das Leben hält immer noch große angenehme Überraschungen für mich bereit, freundlicherweise durchaus gelegentlich auch mit durchaus kribbeligen, belebenden, ich habe keine Ahnung mehr, was ich schreiben wollte ... halt so körperlich Belebendes, an frühere Frühlingsgefühle erinnernde, ach Gott! Der Leser weiß schon seit vielen Zeilen, was ich meine und ich kämpfe hier immer noch mit ... womit eigentlich?

Meinem Unvermögen wäre nicht falsch, erscheint mir aber zu hart. Mit meinem Alkoholpegel?

...und später, beim Abtippen, mit meiner Schrift.

Das ist das Ungerechte für Euch Himmelsgesandte:

Ihr wisst nicht, dass ihr Engel, Feen oder Einhörner seid und ihr habt auch nichts davon, und meistens seid ihr es ja auch nicht für die ganze Menschheit, manchmal nur für einen einzigen Menschen.

Ihr seid ein Bindeglied zu einer, ein Hoffnungsschimmer aus einer anderen, besseren Welt.

Ihr gehört hier nicht hin, ihr fühlt euch hier fremd, habt Heimweh.

Ihr tut gut.

Was kann ich für Euch tun?

-80-

Ich weiß nichts über die Gefühle anderer. Ich kann mich nicht ausdrücken, wenn ich anderen meine Gefühle beschreiben möchte und:

Ich habe das Gefühl, ich bin der einzige, den es interessiert, der darunter leidet, sich nicht ausdrücken zu können, dem es wichtig ist, was andere von ihm denken.

Mir gibt so eine Andeutung von „Ich hab dich gern" dermaßen viel für viele Tage und Wochen. Bedeutet das jemand anderem etwas?

Wahrscheinlich schon, aber nicht, wenn ich das sage.

Endet es auch diesmal wieder in dem Sumpf des Wissens um meine Unbedeutendheit?

Falls es dieses Wort noch nicht gibt, dann wird es jetzt halt für mich erfunden. Ich bin niemandem etwas Besonderes.

Sofort klingeln doch immerhin die Fehlerglocken. Natürlich. Mein Bruder und mein Vater wären ohne mich aufgeschmissen, meine Nachbarin verehrt mich seit vielen Jahren und früher, schon länger her, gab es ein paar Menschen, die es ausdrücken konnten, dass ich ihnen etwas Besonderes war.

Ich weiß, ich weiß. Aber es fühlt sich halt nur gewusst an. Es ist gut. Es ist keine Überraschung. Manchmal im Leben hat man Hunger auf eine Sensation. Aber wenn ich es noch mal versuche, große Gefühle zeige, wenn ich anfange zu produzieren, Geschriebenes, Gemaltes und Komponiertes ... Ich verstehe die Reaktionen nicht.

Nichts. Nicht ein kleines Bisschen weiß ich von anderen.

Das, was sich mal wieder verfestigt:

Ich sollte wieder still und ruhig in meinem Schneckenhaus bleiben. Unerkannt, unbedeutend, unverletzt.

Sie verletzen mich meist nur subtil, wahrscheinlich unbewusst, aber zuverlässig:

Eigentlich immer, wenn ich viel von mir preis gebe ... ach was, gerade nur damit anfange, den Hahn meiner Gefühle ein wenig zu öffnen, um etwas Druck abzulassen, ein kleines Rinnsal kommt raus und alle drehen schnell zu: O weh, bloß nicht mehr davon!

Ich habe so etwas von keiner Ahnung. Mir bedeutet es fast alles, was ich anderen bedeute - Warum bedeutet es niemandem etwas, wenn er mir etwas bedeutet?

Die Frage denke ich besser nicht zu Ende. Die Antwort ist einfach zu frustrierend.

Das, was mir meine Bestimmung erscheint, wird von niemand wirklich benötigt. Ich würde ihnen so gerne etwas Wichtiges, etwas Tröstendes und etwas körperlich Angenehmes sein. Umarmen und dann einfach festhalten. Und sei es nur aus der Ferne geschrieben. Sie müssten sich wohl fühlen, müssten für einen Moment das blöde Leben vergessen können, träumen können und tage- bis wochenlang dadurch durchgetragen werden.

Aber sie brauchen es nicht. Nicht von mir.

Ein schönes Kapitel wäre beim aktuellen Buch, ich traue es diesem Schriftsteller hier leider nicht zu:

Louise sitzt bei Sonnenuntergang allein am Rand der Klippe, völlig frustriert, sie weiß ihre Depression, will niemanden, insbesondere ihre Freundin, mit runterziehen.

Das Kapitel müsste nüchtern, gefühlsreduziert, aber tief, voll hochbegabtem und motiviertem Weltschmerz sein. Der tiefgreifende, aber kompliziert zu erklärende Frust.

Wozu jemand Geliebtem komplizierte Zusammenhänge erklären, nur auf dass sie den tiefen Frust verstehen und womöglich auch fühlen kann? Ich will sie glücklich machen, nicht ihre auch schon angeschlagene Seele weiter belasten.

Mir gefällt das Kapitel jetzt schon, obwohl ich nicht daran glaube, es je schreiben zu können. Die exakt passende Stimmung dafür wäre jetzt - nicht der Hauch von Hoffnung, heute nur einen gelungenen Satz dieses Kapitels zu schreiben.

Es ist ja nichts Neues, dass die Welt scheiße ist, aber halt in dieser Wucht und Intensität. Ich weiß selbst nicht, ob einfach die Welt so viel schlechter oder ich so viel empfindlicher geworden bin. Es wäre eine gewaltige kognitive Anstrengung, gar in meinem Zustand, das herauszufinden und das womöglich auch noch für einen Außenstehenden zu formulieren - wobei es mir widerstrebt, Thelma als Außenstehende zu bezeichnen. Sie steht, sitzt, liegt sehr tief in mir und das ist meine Hoffnung:

Vielleicht kann sie, die so einen großen Platz in meinem Herzen bewohnt, die Gefühle, die dort vorbeischwimmen, sehen, fühlen, riechen, schmecken.

Ach, wenn die Gefühle alle vorbeischwimmen würden, wie gut erträglich wäre das! Wir verzweifeln und sterben an dem vielen Ballast, der angeschwemmt wird, der nicht mehr mitfließt, sondern sich in uns ablagert, das Treibgut, eigentlich Treibschlecht, das sich an unserem Ufer verfängt, und nicht mehr weiter will, aber sowas von bockig nicht weiter will.

Um es loszuwerden, müssten wir ein Stück unseres Ufers abreißen, uns verändern, wir wären nicht mehr wir, wobei ich mir nicht sicher bin, dass das etwas Schlechtes ist, aber doch: Es gibt ein paar Stellen am Ufer, die sind ortsbildprägend, die sind Persönlichkeit. Das wäre nicht mehr die Louise, die ich gerne war, bin.

Noch weniger Ufer, ein noch kahleres Bild? Ich halte mich gerade so aus, wie ich momentan bin und auch das nur mit verbissenem Gesicht und notdürftig und gehalten durch die gute Freundin.

Also, weder ändern, denn Thelma liebt mich, wie ich bin, aber halt damit auch weiter Ablagerungen, weiter versinken, weiter ... Ich weiß nicht mehr, was ich denken wollte. Ich weiß ja genaugenommen, dass ich gar nichts denken wollte. Aber es gelingt nicht mehr.

Früher konnte ich hier sitzen und nur dieses wunderschöne Schauspiel genießen. Ich habe die Schönheit des Augenblicks gespürt. Jetzt sitze ich hier und weiß, das ist wunderschön, aber ich spüre es nicht mehr und da ist keine Ruhe mehr in mir.

Früher kam ich unruhig hierher, starrte in den Sonnenuntergang und alles wurde ruhig und gut. Jetzt sitze ich hier mit einer Unruhe, die immer stärker wird. Ich kann nichts dafür, der Sonnenuntergang kann nichts dafür, Thelma erst recht nicht. Das weiß ich und was fühle ich? Leider genau das Gegenteil. Die Gefühle diskutieren, obwohl sie anderes wissen, darüber, wer am meisten schuld sei. Meine Gefühle sind absolut faktenresistent.

Eine Stunde lang der vergebliche Versuch, dieses intensive und tiefe Gefühl gekonnt lyrisch zu fassen, dass hieraus ein schönes Gedicht, eine Kurzgeschichte, wenigsten eine gelungene Phrase würde.

Sie liebt schöne Sprache, sie hat mich schon zu einer Erneuerin der Romantik erklärt, aber das waren Worte der Verliebtheit gewesen.

Ein Herz berühren, gewinnen mit Worten der Verzweiflung? Und wären sie noch so treffend, gekonnt, lyrisch?

Ich will ihr immer wieder nur sagen, wie sehr ich sie liebe, ich will ein Lächeln auf ihr Gesicht und Strahlen in ihre Augen zaubern und nicht Verständnis für meine Verzweiflung erzeugen. Danach wüsste sie mich, wäre aber unglücklich. Oder?

Sollte mein Vertrauen in sie nicht so weit sein, dass ich glaube, dass sie gerne alles, auch meine Tiefe, mit mir teilt?

Wie glücklich wäre ich, welch ein Zeichen ihrer Freundschaft, wenn sie mich an ihren dunkelsten Stunden teilhaben ließe!

Natürlich nicht glücklich über ihr Unglück, aber über ihr Vertrauen, über meine Wichtigkeit für sie, die sie mir damit beweisen würde.

Ich werde versuchen, Worte zu finden. Wozu sonst noch leben, wenn nicht, um alles mit der Liebsten zu teilen? Ohne sie wäre kein Sinn, keine Kraft und Motivation mehr in mir. Wie könnte ich nicht alles teilen mit ihr, so sie es denn will?

Louise geht bei Thelma in der Höhle vorbei und übernachtet da. Kurz versucht sie, etwas von ihren Gefühlen auszudrücken; es klingt fürchterlich.

Thelma lächelt, legt ihr ihre Pfote auf den Mund, küsst sie, legt sich mit ihr hin, nimmt sie fest in den Arm und flüstert:

„Alles gut. Ich bin bei dir, werde immer bei dir sein. Das ist alles Wichtige. Schlaf ruhig. Erhol dich, schöpfe Kraft. Ich halte dich und wenn du willst, lasse ich dich nie wieder los. Falls du irgendwann Worte findest, sag sie mir, wie sie kommen. Wenn nicht: Ich liebe dich auch so. Ich spüre deine Verzweiflung. Ich muss sie nicht verstehen. Ich verstehe die meisten meiner eigenen Verzweiflungen nicht, aber ich weiß, was ich dann brauche. Es macht mich glücklich, dir helfen zu können, dass du diese tiefsten, dunkelsten Gefühle mit mir teilst. Ich möchte nicht nur deine Freundin im Sonnenschein sein. Ich will mit dir bestehen in Regen, Sturm, Gewitter und Hagel. Freund in der Sonne kann jeder. Ein Unwetter gemeinsam überstehen, das schweißt zusammen. Ich will dich in jedem Wetter, ich will dich ganz, dein ganzes Ich. Vielleicht schaffen wir es sogar, zweifach sehend, Hand in Hand, unbekannte Ichs in dir zu entdecken, zu denen du dich allein noch gar nicht getraut hast."

-82-

Ich wäre so gerne jemand.

Ich weiß, ich bin jemand, aber ich wäre halt gerne jemand, den andere bemerken, wenn sie aufschauen, in den sie sich spontan verlieben, eine positive Überraschung.

Die hübsche Blonde mit dem Pferdeschwanz, die da gelangweilt neben ihrer Begleitung sitzt, vom Leben enttäuscht an ihrem Cocktail nippt, und gerade zu mir hinschaut - Sie müsste jetzt eine Schönheit sehen, einen souveränen, coolen Mann, mit einem Blick zum Dahinschmelzen, ein Held, der ihr zulächelt und ihr Abend wäre gerettet und das Leben wäre wieder voller Hoffnung und Träume!

Stattdessen schmeißt dieser überforderte Schriftsteller in Wirklichkeit aus Versehen sein Glas um und sie denkt:

Okay, meine Begleitung ist nichts zwar Besonderes, aber es hätte schlimmer kommen können.

Also habe ich tatsächlich irgendwie ihren Abend gerettet?

-83-

Was sich wohl nie ändern wird: eines der Haupttraumata der Kindheit, jetzt hier bei der hübschen Bedienung und wohl auch später bei der hübschen Pflegerin im Altenheim:

Ich freue mich gerade über ein fröhliches, herzliches Lächeln, ihre Körpersprache scheint Kontakt mit mir aufnehmen zu wollen, doch während mein Körper noch verwirrt nach einer Antwort sucht, grölt jemand durch den Raum und sie ist bei ihm und statt stillem Lächeln jetzt lautes, herzhaftes, ausgelassenes Lachen.

Ihre Körpersprache schreit und ich bin wieder da, wo ich hingehöre - immerhin auf der Ersatzbank. Wichtig für ihr Team, aber halt:

Nie der Held, nie der Torschütze, nie der, auf den sie jubelnd zu rennt.

Ein Lächeln ist mein größter Erfolg.

Nie werde ich das Strahlen in ihren Augen verursachen.

Ich bin traurig. In einem Ausmaß, das geradezu phänomenal, jedenfalls beeindruckend sein müsste, etwas Besonderes, intensiv, kurz vor vollkommen.

Was der Schriftsteller so spürt, ohne den Hauch einer Ahnung, was er wirklich fühlt.

Genauer gesagt, mit der Gewissheit, dass er in Wirklichkeit nichts fühlt, nicht direkt, authentisch fühlt. Ich probiere Gefühle an und bei den meisten halt sofort:

Nein! Zu groß, zu grau, zu bunt, zu klein.

Aber das hier: Existentiell traurig - da pass ich rein! Das geht immer.

Wenn ich genauer hinsähe: nicht wirklich.

Aber ich bin an einem Punkt in diesem Kaufhaus angekommen, wo es mir scheißegal ist, ob mir etwas wirklich passt, wirklich meinen Stil – Ha! Als wenn ich da noch wirklich dran glauben würde. Nein. Ich bin nicht so wertvoll, als dass es für mich, für mich Ausschussware, für mich Kollateralschaden eine passende Mode gäbe, außer halt vielleicht Grau, extrem Grau, unbedeutend, nicht beschreibbar, nicht dass jemand überhaupt eine Beschreibung haben wollen würde, eine die der feinen Nuancen des Graus, das aber halt keinen interessiert, gerecht würde.

Ich passe halt rein. Es ist nicht meins, aber ich passe halt rein. Meins gibt es nicht.

Vielleicht war es mal Mode, vielleicht gab es das mal. Wenn, weiß ich nichts davon.

Vielleicht wird es das irgendwann mal geben, Wenn, werde ich nichts mehr davon haben.

In meinem Leben: Nichts.

Da ist nichts für mich. Nichts, was mir wirklich passt. Da ist einfach nur ich, nackt. Und das ist etwas, was ich weder selbst sehen noch anderen antun will.

Ich hasse mich nicht. Ich nehme nur deutlich wahr, dass ich mich niemandem zumuten möchte.

Vielleicht das Einzige, was ich an mir mag:

Dass ich es mit mir allein, wenn niemand meine Minderwertigkeit, mein Anderssein, mein völliges Nichtpassen in diese Welt bemerkt, dass ich dann, mit mir allein, irgendwie, zurecht käme.

-85-

Ich bin gescheitert.

Es gibt vieles, was dagegenspricht, aber nichts was meine Überzeugung, gescheitert zu sein, erschüttern könnte.

Meine Gefühle sind in der postfaktischen Phase angekommen. Sie interessieren sich nicht für Argumente und gesicherte Erkenntnisse. Mich vom Gegenteil überzeugen zu können, erscheint unmöglich, ich schaffe es ja momentan nicht mal ernsthaft, Zweifel in mir zu erwecken.

Wenn ich irgendwem von den vielen Todesfällen in der Familie und im Bekanntenkreis erzähle, vom fast Bankrott der Firma, der nur dank übermenschlicher Leistungen von uns unterbezahlten (eine Weile gar nicht bezahlten) Untergebenen abgewendet wurde und vom Schicksal meines Bruders, dessen Frau vor vier Jahren plötzlich verschwand, wahrscheinlich entführt, vielleicht ermordet wurde und der erst eine Depression, dann eine Psychose und inzwischen eine Demenz entwickelt hat und damit ein einziges Mal im Leben seinen Vater übertroffen hat ... es ist das Interessanteste, was ich über mich erzählen kann.

Mitgefühl von fast jedem und auch schon ein paar Mal kurzzeitig eine etwas nähere zärtliche, tröstende Beziehung für ein paar Abende und eine Nacht.

Aber was es wirklich ist, das habe ich niemandem erzählt:

Da wohnt Hölle bei mir im Haus; gefangen in seinem nicht mehr wie gewohnt funktionsfähigen Körper, mit zerstörtem Geist und traumatisierter Seele.

Geht es noch sehr viel schlimmer?

Eine Frage wie: Gibt es eine ganz besonders arge Hölle oder nur den üblichen Standard für alle?

Oder: Macht es einen Unterschied, ob man in vierzig Meter tiefem oder nur in drei Meter tiefem Wasser ertrinkt?

Fragen kann ich. Antworten finde ich fast nie.

Er ist in der Hölle und das einzige, was ich tun kann, ist das Gleiche wie bei meinem Vater damals: es ihm dort eine Weile einigermaßen erträglich zu machen.

Das ist nicht ganz das, was seine Psychiaterin sagt, die immer noch um eine Genesung kämpft, aber das, woran ich glaube.

Von der alten Persönlichkeit, die ich so gut in allen Details kannte, ist kaum etwas übrig, dafür jemand anderes, der der alten Persönlichkeit kaum gefallen würde.

Von meinem hochintelligenten und lebenslustigen Bruder ist nichts Wesentliches mehr da. Ab und zu blitzen Fragmente auf und lassen in der Ruine erahnen, was für ein Palast hier einmal stand.

Und das ist ja das Undankbare meiner eigenen Depression. Da, wo ich immer dachte, da sei eine Ruine, ein braches Land, also ich halt, da zeigen mir Freunde, dass sie in mir ein gemüt-liches Anwesen, einen blühenden Garten sehen.

Selbst ich entdecke immer mal wieder etwas Neues in mir, ich gedeihe eher, als dass ich vertrockne und zur Ruine werde, wie mein Bruder und doch: Die Gefühle, die kraftlose Ver-zweiflung, das das Leben Ablehnende, dieses Leben Ableh-nende ist genau das Gleiche wie bei ihm.

Ja, bin ich denn total ...?!

Ja.

Genau, Leon.

Welches abwertende Adjektiv du hier jetzt auch einsetzen magst - Ich stimme zu.

Die Antwort ist: Ja.

Am Anfang war nichts. Die Erde war wüst und leer, und es war finster auf der Tiefe; und der Geist schwebte auf dem Was-ser.

Dann wurde Gott kreativ.

Dann wurde der Mensch destruktiv.

Aktueller Stand:

Kompliziert, aber doch eigentlich auch sehr komprimiert:

Paradies war nicht vor unserer Zeit. Himmel und Hölle sind nicht im Jenseits. Sie sind alle hier.

Ich durfte den Himmel für einige Wochen kennenlernen, ich war mit ihr im Paradies.

Mein Bruder hat die Hölle kennengelernt.

Inzwischen:

Wir sind beide wieder am Anfang, im Nichts.

Wüst und leer und finster, aber da ist kein Geist mehr über dem Wasser. Ich fürchte, der ist ertrunken.

Ich will zurück auf die Straße (allerdings nicht nach Düsseldorf!), will schreiben, nicht schön, aber ohne schon bei den ersten Worten aufzugeben. Einfach drauf los.

Viel Mist habe ich geschrieben und dazwischen immer wieder kleine Perlen, die ich während des Schreibens nicht bemerkte.

Jetzt denk ich vorher alles durch, es erscheint mir nichts Brauchbares und ich lasse den Stift sinken.

Im sonstigen Leben habe ich mich einigermaßen erfolgreich gegen das Erwachsenwerden gewehrt, beim Schreiben bin ich inzwischen kaum erträglich vernünftig, bedacht und jede Verschwendung vermeidend.

Noch einmal pubertär wild loslabern.

War das wirklich so? Habe ich je Wörter verschwendet? Beim Sprechen definitiv nie, aber auf dem Blatt?

Vieles war nicht gelungen, erschien nüchtern, ohne die Bedeutung, die die Worte alkgetränkt noch hatten, eher ernüchternd, aber ... habe ich je geschrieben, wenn ich nicht wenigstens bis zum übernächsten Satzzeichen weiterwusste und irgendwo in der Ferne ein Licht sah?

Das konnte ich glaub ich schon immer gut: Fragen stellen, deren Antwort nicht mal mich interessiert.

(Kurz davor, eine To-Do-Liste zu schreiben. Auf diesem Blatt passiert ja nix Spannendes.)

Doch, da, jetzt! Endlich fällt mir der Abschluss des entscheidenden Kapitels ein:

„Auf dem Rückweg von der Toilette streifte Burkhard unauffällig - es war wirklich sehr eng an dieser Stelle der Kneipe - den angenehm festen und wohlgeformten Hintern der netten Schwarzhaarigen, die ihm schon ab und zu einen Blick zugeworfen hatte.

Ein rundum gelungener Abend."

Und viele Jahrzehnte später sitzt mein Lektor oder Restaurator oder wie auch immer das heißt, was später dann die Handschriften des berühmten Schriftstellers, der zu Lebzeiten leider unbekannt blieb (Morbus Pessoa), entziffern und sortieren muss, an seinem Schreibtisch und kratzt sich am Kopf:

Burkhard? Soll das wirklich Burkhard heißen?

Wer ist Burkhard? Wurde der schon mal auf einem der 4000 unleserlichen Blätter, voll von so viel Müll und seltenen Perlen, erwähnt?

Nein.

Und welches Kapitel will er damit beenden? In welchem Buch?

Who the Fuck is Burkhard?

Wenn ich, der zu Lebzeiten verkante große Autor, einst gestorben bin, werde ich zweihundert Jahre später, inzwischen endlich berühmt, durch irgendeine neue Möglichkeit der Gentechnik wiederbelebt und Literaturkritiker werden mich gespannt umringen und mich fragen, ob ich noch ein „PS" zu meinem Leben, zu meinen Werken, schreiben möchte, ob es noch etwas zu sagen gäbe?

Nein, tut mir leid. Es gab auch damals nichts zu sagen.

Ich hatte nur das Bedürfnis zu schreiben.

Etwas sagen wollte ich eigentlich nie.

Wie soll man in dieser Welt denn nicht verloren gehen, als halbwegs intelligenter und empathischer Mensch?

Das Lustige ist ja: Ich bin mir nie sicher gewesen, dass ich etwas fühle oder einfach nur weiß, was ich gerade fühlen soll. Jetzt, wo ich gar nichts mehr fühle, ahne ich die Intensität der damaligen „gewussten" Gefühle. Da war was.

Wahrscheinlich auch damals nur der Schatten oder das Echo von echten Gefühlen, aber da war noch etwas gewesen.

Jetzt eine Leere, leider keine wohltuende oder gar ruhige, wohltuende Leere, einfach nichts, nicht mal mehr ein Abklatsch.

Abgestorben, die Diagnose erscheint mir gesichert.

Bleibt halt die Frage, ob sensible Pflanze oder Trockengehölz, das immer wieder kommt, egal wie kaputt es war.

Gut, dass sich Cidira den ganzen Abend (schon seit Wochen) nicht meldet. Eine positive, wertschätzende Nachricht von ihr und meine gekonnte (Echt? Naja.) Melancholie und Selbstmitleidsverherrlichung würde in sich zusammenbrechen.

Ich glaube mir selbst meinen Unglauben nicht wirklich.

Ich vertraue mir ja sowieso in nichts, glaube keiner meiner Überzeugungen wirklich. Alles ist extrem leicht erschütterbar, nichts, wirklich nichts fest.

Alles, mein ganzes Leben, fühlt sich an wie eine der Zwischenwirklichkeiten in Stanislaw Lems „Futurologischem Kongress": surreal. Wer sollte sich so einen Quatsch als Wirklichkeit ausdenken?

Ein volltrunkener, seniler Schöpfer mit Blickparese vielleicht. Für Evolution alles zu unlogisch. Nein. Das hier ist nicht echt. Wenn überhaupt eine Zwischenwelt, eine Umwandlung, ein im Zwischenspeicher abgelegtes Fragment, das auf seinen sinngebenden Text wartet, aber halt das Gefühl, dass da nie die wirklich reale, die gute, die für mich passende Realität kommen wird.

Eine endlose Aneinanderreihung von Zwischenwelten, nie das wirkliche Aufwachen, nie das Ankommen in der Realität, in der Wirklichkeit, die das alles hier erklären und womöglich sogar entschuldigen/rechtfertigen könnte. Nie das Happy End. Es bleibt bei der endlosen Anreihung von Irrungen und Wirrungen, die keinen Sinn ergeben, jedenfalls keinen, der die ganzen Mühen, all das Leid auf dem Weg rechtfertigen würde.

Da ist kein Gott, da ist kein Sinn, da ist kein Happy End.

Da sind ab und zu ein paar schöne Augenblicke, ein paar wertvolle, kurzzeitig wärmende Menschen. Die sind der einzige Sinn, das einzig Lohnenswerte.

Immer auf der Suche nach Bestätigung. Das sind wohl die meisten. Ich blöderweise immer auf der Suche nach Bestätigung für meine These, dass ich niemanden interessiere, überflüssig bin, nicht dazu gehöre ... und da passt es natürlich, wenn die nette, attraktive Bedienung hinterm Tresen mich übersieht. Ich spüre geradezu Befriedigung, weil das in mein Weltbild und halt insbesondere zum Bild, was ich von mir habe, passt.

Will ich wirklich glücklich sein?

Spontane, sich sehr sicher anfühlende Antwort:

Nein.

Das ist nicht meins, nicht meine Bestimmung, nicht das, wo ich hingehöre. Möge da noch so viel Lachen, Sonne, Leckeres sein - ich könnte es nicht genießen, immer das Gefühl, dass das nicht mir gebührt, dass da jemand anders - eher ganz viele andere - sind, denen das jetzt gebühren würde.

Wenn überhaupt bin ich da nur wegen eines Bankirrtums zu meinen Gunsten.

Ich gehöre in die Badstraße.

-88-

Immer noch das Gefühl, der souveränste, erfahrenste Kneipensitzer (von den 30 hier) zu sein. Bloß heute halt das Gefühl, mich wie kein anderer im Puff auszukennen, aber halt leider mit dem Wissen, dass ich impotent bin.

Typisches Beispiel für einen Satz, bei dem ich schon am Anfang zweifelte, ihn dann aber doch zu Ende geschrieben habe, weil ..., manchmal kamen dann doch noch brauchbare, selten sogar gute Sätze.

Heute fällt, wie meistens, beim Schreiben schnell auf:

Das ist Schrott. Aber etwas Besseres fällt mir halt grad nicht ein. Da kann ich ja wenigsten den Schrott noch nach DIN-Norm zu Ende schreiben. Alles andere, was ich tun könnte, ist ja genauso sinnlos.

Sinnlos. Kann eine Befreiung sein. Wenn es keinen Sinn zu erfüllen gibt, kann ich machen, was ich will.

Was ich will ... Da liegt das Problem!

Ich will nix.

Ist dann fehlender Sinn von außen das Todesurteil?

Theatralisch. Mir nicht nahe.

Mir nicht nahe - Sammelbegriff für fast alles auf der Welt.

Wenn du dich, als die Depression losging, auch so gefühlt hast - Ich wäre so gerne bei dir gewesen! Ohne dass ich etwas hätte sagen können. Aber ..., das müsstest du jetzt bei mir auch nicht.

Einfach da sein. Neben mir. Schweigend. Stattdessen ...

Oh Shit! Ich hoffe von Herzen, dass du nicht so eine verdammte Einsamkeit gefühlt hast. So eine Leere und Hoffnungslosigkeit.

Wie gerne hätte ich dich jetzt neben mir! Und noch viel gerner hätte ich neben dir gesessen! Und wie hätte ich mich gefreut, wenn du dich an mich gelehnt hättest. Wenn ich dir jemand gewesen wäre!

Aber ... wie fast alles andere ... auch das ist mir nicht gelungen.

Ist mir irgendwas wirklich gelungen?

Ich sach da mal nix zu.

Das blöde Gefühl, dass ich damals, als ich, im Vergleich zu jetzt, noch keinen ernsthaften, existentiellen, pathologischen Frust hatte, Frust viel besser schreiben konnte. Inzwischen bin ich bei Frust Profi und beim Schreiben ... Na ja.

Heute Morgen mit Kaffee durch den Garten und Qigong gemacht. Vitamin D und Sportlerbrei und dann eine Stunde Fahrrad gefahren mit hohem Puls und Schwitzen. Etwas Gartenarbeit, etwas aufgeräumt. Ich arbeite vorbildlich gegen die Depression an.

Dabei blöderweise das Gefühl:

Es ist längst zu spät.

Und nicht mal ansatzweise das Gefühl, hier zu pessimistisch oder dramatisch geschrieben zu haben ... eher:

An die wirkliche Scheiße habe ich mich noch gar nicht rangetraut.

„Und jedem Ende wohnt ein Schmerz inne,
der uns zerstört und sterben lässt."

(Wie soll man einen Text ordentlich verfremden, wenn einem das Original nicht einfällt?)

Und wenn Citalopram nicht hilft? Wenn ich es nicht vertrage? Es gar paradox wirkt, wie das angeblich starke Schlafmittel, nach dem ich die ganze Nacht wach lag?

Ist da dann noch eine Chance?

Momentan: Nein.

Keine langfristige Perspektive.

Die Dementoren haben gewonnen.

-89-

Ich fürchte, selbst mit Lottogewinn würde ich Citalopram benötigen.

Es fühlt sich nicht nach einer reaktiven Depression an. Es fühlt sich an, als wäre ich angekommen, wo ich hingehöre.

Ich fand mich verstandesgemäß ja schon immer als unattraktiv, langweilig, für die Lebenspraxis dumm und unfähig, in Beziehungen für jeden Partner eine Belastung, einen Runterzieher, ein Fremder, ein Alien, in einer unwirtlichen Umgebung, deren Sitten und Gebräuche ich nur ansatzweise verstehe und nur mit Mühe aushalte.

All das wusste ich ja schon lange und jetzt fühl ich es halt auch. Wobei ich und fühlen ja ein Fortschritt ist. Allerdings ein Schritt in eine sehr dunkle und kalte Richtung, in der ich eine nahe Klippe ahne. Keine Ahnung, wie tief es nach der Klippe weiter geht.

148

Werde ich nur unangenehm aufkommen und der Fuß ist verstaucht? Oder so tief, dass ich lange falle und hart aufpralle und sofort tot bin, meinen Frieden hoffentlich dort findend?

Aber ich ahne, es wird ein tiefer Sturz sein. Nicht tief genug, um zu sterben. Ich werde schwerverletzt und voller Schmerzen und desorientiert durch diese neue Gegend torkeln, nicht wissend, wo ich bin und die Ahnung, dass das nicht das erste Mal war.

Torkel ich nicht jetzt schon rum, als wäre ich bereits einmal (einmal nur?) heftig abgestürzt, auf den Kopf gefallen? Desorientiert, voller Schmerz und Unsicherheit torkele ich durch das Leben.

Hier ist nicht gut. Ich komme nicht zurecht. Ich werde bald wieder fallen.

Aber halt auch keine Sehnsucht nach der Ebene davor. Da war ja auch kein Zuhause.

Ich bin schon zu oft gefallen. Alles, an was ich mich erinnern kann, sind Stufen etwas höher, auf denen ich auch nicht zuhause war. Ich falle von einer Fremde in die nächste und kann mich nicht mehr erinnern, ob ich je eine Heimat kannte. War da ein Zuhause?

Wahrscheinlich. Denn ab und zu treffe ich einen Menschen, der mich an das ursprüngliche, an das richtige, große, allumfassende Zuhause erinnert.

Da wird eine völlig verschüttete, aber noch nicht gestorbene Erinnerung in mir berührt. Oder ... ist es keine Erinnerung, bzw. nur die Erinnerung an einen Traum, den ich in so vielen der vorherigen Ebenen schon hatte?

Macht das einen Unterschied?

War es eine gute Idee, mich in diese Welt zu zeugen und gebären? Hätte ich etwas Lohnendes verpasst, wenn ich nicht gelebt hätte?

Ja, doch. Schon. Einiges. Aber: Hätte die Welt etwas verpasst, wenn ich nicht gelebt hätte?

Ich habe da eine Vorstellung von der Antwort, aber sie gefällt mir nicht.

Ich gefall mir nicht. Und, ja: Die Welt hätte etwas verpasst, aber nichts Weltbewegendes.

Sehr, sehr kaputt. Und daran soll eine Hemmung der Serotonin-Wiederaufnahme etwas ändern?

Selbst, wenn es funktioniert ... Die daraus resultierende Erkenntnis, dass mein Gefühlsleben nur von irgendwelchen Botenstoffen und nicht von der Realität abhängt - Das ist schon wieder so frustrierend, dass es die nächste Depression auslösen dürfte.

Noch ist da Gegenwehr. Aber eigentlich überrascht die mich. Verlassen kann ich mich nicht darauf. Manchmal funktionieren selbst Gedanken an die besten Freunde oder gar Nachrichten von ihnen nicht. Musik berührt mich oft nicht mehr. Zum Lesen keine Ruhe, zum Schreiben ...

Die Muse hat mich lieb. Das glaube ich. Aber ich bin für Küsse und Zärtlichkeiten selten empfänglich momentan.

Was bleibt? Was hält mich?

Eher ein Zufall des Wellenganges, dass ich bisher nur hin- und hergeschmissen und noch nicht von Bord gespült wurde. Da ist nicht viel zum Festhalten und noch weniger Wille in mir, mich festzuhalten.

Tiefe Einsamkeit. Oberflächlich unauffällig, noch, überwiegend. Das ist ja nicht verlogen, wenn ich versuche, Fröhliches zu teilen, andere aufzubauen, von denen ich ja ahne, dass sie selbst abgrundtief einsam sind.

Was da ist, das wäre ja auch kaum zu teilen, nicht in Worte zu fassen und nichts, was irgendjemand etwas Gutes bringt.

Ein paar liebe Menschen, die sich dafür wirklich interessieren würden, aber die könnten ja nicht helfen und es würde sie, die selbst nicht grundfest stehen, runterziehen.

Also lieber weiter funktionieren, weiter Witze und Freude und schöne Texte verbreiten, Lächeln zaubern.

Ich kann das noch. Ich weiß, wie es geht. Aber ich bin das halt nicht mehr.

Wenn ich wüsste, dass die Welt erst in zwanzig Jahren untergeht, ich würde es in der Zeit nicht mal schaffen, Tulpen zu pflanzen.

-91-

Ich wurde als Träumer geboren. Nur als Träumer. Von Realität sollte ich mich möglichst fernhalten. Sie fasziniert mich manchmal, aber sie schadet mir meist und ich ... ich zerstöre sie.

Meine Bestimmung ist Unerreichbares zu ersehnen. Wenn ich etwas dann doch erreiche, verblasst es im besten Fall, meist zerfällt es.

Ich träume davon, zu fliegen, immer wieder mein Lieblingstraum und manchmal treffe ich Menschen, die fliegen können, die mich einen Moment sogar mitnehmen oder denen ich wenigstens fasziniert zusehen kann.

Ich habe viele Vögel kennengelernt und manche haben versucht, auch mich das Fliegen zu lehren, doch es endete immer gleich:

Ich konnte nichts davon umsetzen, was sie mir beizubringen versuchten, stattdessen lehrte ich sie in der Zeit die Schwerkraft. Wenn sie nach mir überhaupt noch fliegen konnten, dann nicht mehr so leicht, so frei, so mühelos gleitend.

Ich bin die Schwerkraft.

Ich ziehe alles, was leicht, schwebend und frei ist herunter.

Natürlich ist die Schwerkraft wichtig auf der Erde, sogar für das Fliegen, aber ...

Ich bin keine gesunde, nützliche, hilfreiche Schwerkraft. Ich bin verdammt schwer, zäh schwer, drückend schwer, zerstörerisch schwer.

Das, was ich so gerne wäre: Jemand, der Auftrieb gibt, der Leichtigkeit verleiht, der Menschen über den Alltag, über Sorgen und Ängste erhebt, der sie Fliegen und Freiheit lehrt, gar für Momente Schwerelosigkeit spüren lässt ... davon bin ich das Gegenteil.

-92-

Wann immer Ruhe in mir einkehrt, glaube ich mir nicht oder glaube bestenfalls an einen Moment der Ruhe vor dem Sturm. Ich habe allen Grund, zufrieden und glücklich zu sein, ich bin mehr als überreich beschenkt und doch ..., wenn ich mich für einen Moment mal angebrachterweise glücklich fühle, überkommt mich sofort ein Gefühl der Unruhe, von Fremde – hier gehöre ich nicht hin!

Es muss sich um ein Missverständnis handeln! Das ist nicht meine Welt.

Tut mir leid. Ich bin aus Versehen hier reingeraten. Ich wollte euch nicht stören!

Euch ... die Milliarden von Menschen, die nach glücklich gehören, die ein Anrecht darauf hätten. Ich nicht!

Ich kann das nicht begründen, aber es ist eine unumstößliche Überzeugung. Und ... wie ekelig! Da bin ich sozusagen ganz im fehlenden Selbstkorrekturmodus wie AfDler und Pegidioten:

Man (eher ja Frau) kann mir noch so viele evidente Beweise und Schwüre vorlegen, dass ich wertvoll und gut bin. Ich weiß es unerschütterlich besser:

Ich bin scheiße! Ich habe Aufenthalt in „Glücklich" nicht verdient. Ich bin nicht würdig. Ich störe. Ich gehöre hier nicht her, ich gehöre nicht dazu.

Da! Da immerhin manchmal kurzzeitig doch etwas wie Stolz, wie ein Hauch von Selbstbewusstsein:

Ich gehöre woanders hin – bin für etwas Schöneres, Friedlicheres, Künstlerisches, Leichteres bestimmt.

Irgendwo würde ich funktionieren, wäre ich gut, geradezu genial. Für irgendwas, irgendwas weit weg von hier, da war ich bestimmt, da wäre ich wichtig, würdig und richtig gut gewesen, da hätte ich dazu gehört. Da hätte ich ganz ich selbst sein können und damit ein Held, ein Star und nicht wie hier, wo ich mit viel Selbstverleugnung und sonstigen Anstrengungen immerhin noch einen passablen Statisten abgebe.

Heute das erste Mal nach drei Wochen Urlaub gearbeitet, davon so erschöpft, dass ich hier gleich schon schlapp mache. Ich habe ja sowieso keine Bilder und Stimmen im Kopf und wie das genau funktioniert, dass ich oft kleine Geschichten, Texte vor dem inneren Kugelschreiber habe, weiß ich nicht, es ist blass und kaum fassbar, kaum spürbar, nie ein Gefühl der Sicherheit, ein flüchtiger Hauch, der sich während des Schreibens ja auch oft verflüchtigt, bevor ich die Geschichte, den Text, manchmal ja schon, bevor ich den Satz beendet habe.

Aber da ist etwas, nicht fassbar, nicht verlässlich, aber immerhin den Anfangsfunken gebend. Es fehlt. Heute hier beim Schreiben offensichtlich (vor diesem Ausbruch ca. halbe Stunde Schreibblockade), aber auch zunehmend häufig im Leben.

Nicht, dass da oft ein Plan für den Tag oder gar Vorfreude auf etwas Konkretes war, aber immerhin doch immer ausreichend Energie in der Starterbatterie, eine unbestimmte Erwartung, Hoffnung, weil da halt schon oft an anfangs unauffälligen kleinen Tagen große Überraschungen, kleine Sensationen völlig unerwartet meine Bekanntschaft suchten. Vor langer Zeit oft, dann seltener und inzwischen halt ... ... mitten im Text abgesoffen und die Starterbatterie schaut mich erschöpft an:

Soll ich allen Ernstes für diesen Text, von dem selbst du inzwischen bemerkt haben solltest, dass daraus nichts Besonderes mehr wird, noch diesen letzten Rest meiner Energie verschwenden?

Müde und erschöpft schaue ich sie an:

Ich soll jetzt allen Ernstes eine Entscheidung treffen? Weißt du, wie viel Kraft das kostet?

154

Und dann sitzen wir uns den Rest des Abends rat- und entschlusslos gegenüber. Dass es sinnlos und lächerlich ist, ist uns beiden klar, genauso, wie dass es mehr Energie kosten würde als wir haben, nun noch etwas anderes zu starten.

Wir sitzen uns gegenüber, vermeiden möglichst, uns direkt anzusehen.

Das ist es also? Mehr kommt da nicht mehr?

Woher diese Unzufriedenheit? Ich kann mich nicht erinnern, dass mir jemals jemand viel für mein Leben versprochen hat. Solange ich mich zurückerinnern kann auch in mir nie das Gefühl, dass ich für Großes, für etwas Spannendes, Besonderes bestimmt sei; ich hielt mich nie für in irgendeinem Bereich gut oder gar sehr begabt. Woher kommt diese Enttäuschung?

Ich schaue die Batterie fragend an. Sie runzelt die Stirn:

„Das ist nicht dein Ernst! Für diese Frage, deren Antwort niemanden, nicht mal dich interessiert, soll ich nochmal ...?"

„Schon gut. Schon gut."

Den Rest des Abends schweigen wir.

-94-

Heute Nacht im Traum Cidira auf der Straße begegnet. Sie war in Begleitung. Sie schaute mich erstaunt über den Zufall und sofort erkennend an und sah dann zur Seite und ging weiter. Kein Lächeln, kein Gruß.

Das ist das Monster:

Bleib in deiner Höhle, Leon, lass die anderen in Ruhe, du darfst sie höflich grüßen, aber sonst: Du bist ein Trampel, ein Elefant im Gefühlsporzelanladen, du kannst nur kurz interessant sein, einen winzigen Moment Glück bereiten und dann: Es

155

geht allen schlechter als vorher, wenn du in ihr Leben gekommen und mehr oder weniger lang geblieben bist.

Letztendlich: Ich bin eine Subtraktion. Niemand ist größer, nachdem er mir begegnet ist.

Und genau dann gibt mir die Bedienung ein Jever aus ... Okay. Es gibt ein paar wohltuende Ausnahmen, die die Regel bestätigen. Und das ist wohl der Sinn des Lebens. Die wunderbaren, strahlenden, hübschen, wärmenden Ausnahmen finden und ihnen ebenfalls eine Ausnahme sein.

...bis sie wenige Augenblicke später dem unsympathischen Typen auf der anderen Seite der Theke einen Jägermeister ausgibt ...

Sofort beginnt in mir ein Wettbewerb, wer ihr der wichtigere, sympathischere, attraktivere Thekenhänger ist, welches Getränk sie lieber ausgegeben bekäme und ob mein Schreiben auf Papier nicht doch cooler ist als sein Getippe auf dem Smartphone.

Meine ewige Sucht zu vergleichen. Als wenn es wirklich Großes nicht gäbe, wenn ich nicht statistisch aufzähle, was alles kleiner ist, obwohl es auch groß ist.

Nahe an einer wichtigen Erkenntnis, die womöglich mein Leben grundlegend verändern, gar verbessern könnte, bin ich doch zu betrunken und müde, um den Gedanken weiterzudenken. Genaugenommen, um ihn überhaupt zu erinnern. Was habe ich gesagt/gedacht/geschrieben?

Nichts. So ist jetzt meine Wahrnehmung. Nichts, an was ich mich erinnern könnte. Nichts, was jetzt noch wichtig ist.

Am Ende des Lebens ... Kein Film, keine Zusammenfassung, keine Essenz? Nur ein kurzes, trunkenes Aufblicken:

„Äh, Entschuldigung. Bin zu zu. Was war die Frage? Mein Leben? Äh... Keine Ahnung. Hab ich gelebt?"

PS:

Die Bedienung bringt mir gerade völlig unerwartet noch einen Cointreau, bevor hier zugemacht wird.

Mein Konkurrent ist zum Glück schon gegangen, so dass ich diesmal wirklich genießen kann.

So wäre der Lebensabschlussfilm natürlich perfekt:

Vieles vom Besten lief ab und ich genoss es und war glücklich und dachte: Was ein geiles Leben! Und dann eine Stimme aus dem „Off":

„Noch Lust auf eine lange Version? Die meisten Leben können wir ja mit einem Kurzfilm befriedigend zusammenfassen, oft noch beschönigend, aber du – keine Ahnung, welche Feen dich alles geküsst haben, aber so ein reiches, glückliches, gesegnetes Leben habe ich noch nie gesehen. Wir hätten da noch einen Film in Überlänge, mit extremer Überlänge, und selbst da konnte nur ein geringer Teil des Reichtums an Freundschaft und Liebe, mit der du beschenkt wurdest, abgebildet werden. Es fiel mir nie so schwer, Sachen, Erlebnisse, Freunde, herauszustreichen wie bei dir. Man könnte eine Serie mit vielen Staffeln darauf machen."

Überreich beschenkt trifft die Realität schon recht gut, auch wenn meine Gefühlswelt davon seltsamerweise nichts mitbekommen zu haben scheint.

Wahrscheinlich ist das einfach nur ein Witz, ein Scherz, dass ausgerechnet der glücklichste und beschenkteste Mensch, der mit den meisten Feen, Schutz- und Glücksengeln gesegnete sich in Melancholie und Depression niederlässt.

Oder halt doch passend. Weil diese Welt das, was Glück ausmacht, nicht zu würdigen weiß. Da sind ja viele gesegnete Menschen, die es nicht begreifen. Die sich nicht gesegnet fühlen, wenn irgendjemand anders mehr gesegnet ist.

Midlife-Crisis ist fast das Gleiche wie Pubertät, aber Verständnis wie für die Pubertät gibt es nicht. Es ist eines der letzten dunklen, unerforschten Gebiete der Menschheit.

Zahllose Studien, die Gehirnforschung erklären uns, was im Kopf eines Jugendlichen vor sich geht. Das Gehirn wird auf null runtergefahren und komplett neu gestartet. Eine Persönlichkeit entsteht. Alles oft sehr störend und verstörend, aber halt nicht tragisch ... einmal Mist bauen, Hörner abstoßen, einmal sitzen bleiben, Drogen, Alk. Alle zwar am Stirnrunzeln, aber, mein Gott, er ist doch in der Pubertät.

Aber der 44-jährige, mitten im Beruf, mitten in Familie - wenn der auf null fährt, neue Persönlichkeit wird, Mist baut, die Hörner noch mal auspackt ... Auf Verständnis hoffen darf er nicht. Umgebung, Familie, Arbeitgeber, sie haben ja alle Recht, aber wird nicht etwas Natürliches unterdrückt?

Ich finde, mit 14, 44 und mit 74 sollte man jeweils noch einmal ein neues Leben anfangen. Das kann ja durchaus mit dem gleichen Partner, den gleichen Freunden sein. Aber sich noch mal neu erfinden, alles runterfahren, alles in Frage stellen, aufmucken, vielleicht ja auch gemeinsam mit dem Partner.

Endlich mal der Protestler werden, der man schon immer mal sein wollte. Ein ganz neuer Beruf. Schriftsteller?

Ohne Zweifel: Viele meiner Romanfiguren sind mir deutlich näher und wichtiger als fast alle realen Menschen. Wenn ich entscheiden müsste, ob ich lieber meine Eltern und Geschwister, alle sonstigen Verwandten, die meisten alten Freunde oder halt die Charaktere meiner Bücher nie kennengelernt hätte ... Cidira ohne Zweifel, alles, aber sonst: In meinem

Abschlussfilm möge sie und ganz viele Szenen aus meinen Büchern sein.

Dieses deutliche Gefühl, gescheitert zu sein, lässt sich durch Fakten nicht erschüttern.

Ich bin gesund, habe ausreichend Geld, einen unbefristeten Arbeitsvertrag, mehrere Bücher fertig geschrieben, habe Freunde, die bei mir bleiben, auch wenn ich gerade mal nicht funktioniere. Ich bekomme viel Lob, Anerkennung, freundliche Worte zu meinem Leben, meinen Büchern und Musikstücken. Letztere gefallen mir ja sogar selbst und doch ...

Ich mag ein durchaus gelungenes Lied sein, das man mitpfeift, für manchen womöglich sogar eine Weile ein Ohrwurm.

Ich bin ein schönes Lied, aber manchmal fühle ich in mir eine tiefe Leere, Unzufriedenheit, dieses Gefühl, völlig gescheitert zu sein – denn:

Ich sollte kein schönes Lied, sondern ein komplettes Musical sein, eine vollständige Symphonie mit vier Sätzen, doch ich bin über das Anfangsadagio, das erste Thema, nicht hinausgekommen.

Die Kollegen, mit denen ich auf der Bühne stehe, muntern mich mit netten Worten auf, aber ich weiß, wenn der Vorhang fällt, werde ich in die Gesichter von restlos enttäuschten Zuschauern sehen.

„Das war alles? Dieses kleine Lied? Sollte das hier nicht ein großes Konzert sein, ein zweistündiges Musical, eine monumentale Symphonie?"

Ich mag mich nicht mehr:

Ich bekomme immer mehr Bauch, meine Manneskraft lässt nach, der Körper funktioniert nicht mehr, ich bin langsam echt alt.

Das einzig Gute, sozusagen das erste Mal, dass mir das als etwas Gutes vorkommt:

Ich mochte mich ja früher auch nicht, als noch alles funktionierte.

Also ... Was soll's?

Ich mag die sympathischen Figuren in meinen Büchern alle so furchtbar gerne, ich verliebe mich in einige immer mehr und umso schwerer wird es, sie anzusprechen.

Sie sind einfach gelungen und ich kaum würdiger Freund, geschweige denn ein annähernd wünschenswert befähigter Schöpfer, Erschaffer und Gestalter ihrer Welt.

Ob da vielleicht doch ein Gott war, der mich erschaffen hat, auch ein paar geniale kleine Anekdoten zu meinem Leben geformt hatte, dem die Geschichte dann aber über den Kopf wuchs, vergeblich versuchte er, einen roten Faden, einen Spannungsbogen hinzubekommen. Die Inspiration ging aus oder er war einfach unzufrieden, auch zu schüchtern, fühlte sich unwürdig usw.

Ob er wenigstens noch ein schönes, rundes, versöhnliches Schlusskapitel mit Happy End aufgeschrieben hat?

Immerhin, da funktioniert mein Selbstbewusstsein auf einmal überraschend gut: Wenn wir hier alle Figuren in einem Buch sein sollten:

Ich bin eine der interessantesten Charaktere, keine Hauptperson, nicht der Held, aber auf unauffällige Weise etwas Besonderes, eine Luna Lovegood gar ... Ach!

Es wäre wirklich angenehm und vor allem nützlich zum Schreiben dieses Buches, Bilder vor Augen zu haben.

Da ließe sich seitenlang viel beschreiben im Schloss, im geheimen Zimmer, aber halt auch alle Figuren mit ihren Äußerlichkeiten, ich könnte, hörte ich innerlich etwas, ihre Stimmen beschreiben. Es gäbe immer sofort viel zu schreiben.

Ich kann „nur" Gefühle, die Seelen, das Erleben ihrer Geschichten.

Aber dafür müssen sich die Figuren mir öffnen, in der Stimmung sein; und nebenbei müssen sie mich dafür akzeptieren, mich für würdig erachten, ihr Leben, ihr Innerstes zu fühlen und zu schreiben.

Heute sind sie alle eher zurückhaltend, reserviert. Höflich, aber kurz angebunden.

Sie öffnen sich nicht, wahren Distanz.

Als wäre vor dem Schreibabend ein Memo an alle meine Figuren rumgegangen, das mich diskreditiert hat.

Vielleicht hatten sie einen Stammtisch und sich dort gegenseitig darin bestärkt, dass sie eigentlich einen besseren Autor verdient hätten. Dankbar für meine Schöpfung, für ihre Geburt; als Erzeuger war ich nützlich, als Eltern bin ich eher nicht so fähig. So wollen sie ihre Prägungsphase nicht verbringen.

Irgendwann ein Zettel auf meinem neuen großen Schriftstellerschreibtisch, den ich gerade erst aufgestellt haben werde:

„Tut uns leid, Leon! Danke für das, was Du für uns getan hast, aber Du solltest es eigentlich selbst längst gemerkt haben: Mit Dir haben wir keine Zukunft, können wir unser wahres, großes, spannendes, aufregendes Leben nicht verwirklichen. Du hast uns für Großes geboren, aber das können wir bei Dir nicht werden, wir können nicht so weitermachen, solange wir bei Dir eingesperrt sind, durch Dich gebremst werden.

Wir werden Dich nicht vergessen. Danke für alles!

Alles Gute für Dich!

Wir können ja Freunde bleiben.

Wir rufen an.

In Zuneigung.

Alle Deine Romanfiguren

PS:

Fang endlich mal selbst an zu leben!"

-98-

Hier sitzen viele verschiedene Charaktere mit bemerkenswerten Verhaltensweisen, bloß die meisten reizen mich nicht, über sie zu schreiben.

Ich will immer nur wieder liebe Menschen verherrlichen, verpasste Gelegenheiten in Geschichten nachholen, den guten Freunden ein Denkmal setzen, will das Unwahrscheinliche sich begegnen und zusammenwachsen lassen, ach das geht ja auch mit Unbekannten, aber warum andere Menschen verewigen, wo es meine Verliebtheiten gibt und ich ihnen, wie ich finde, noch immer nicht ausreichend, ach, nicht mal ansatzweise gerecht geworden bin.

Was haben all die vielen gedankenlosen, oberflächlichen, uninteressanten Menschen, um nicht zu sagen, die Mehrheit der Menschen in einem meiner Bücher verloren?

Okay, ein paar Menschen mit Hasspotential sind als Bösewichte gut zu gebrauchen, aber all die geistlosen Nachbarn, nervenden Verwandten, unfähigen Wahlberechtigten?

Die Klimaerwärmung wirklich stoppen? Für welch verschwindend geringen Teil der Menschen würde sich der Erhalt der Menschheit denn lohnen? Wer weiß die Erde und die Mitmenschen denn noch zu würdigen? (Und nicht nur als nützlich und gewinnbringend?)

Wäre die Erde etwas überschwemmter, aber dafür ohne Menschen nicht besser dran?

Weltveränderndes Schreiben ..., für wen?

Schimpfen auf Politik und Gesellschaft - alles hört sich schon so oft gesagt an, macht jeder, und die meisten völlig ohne Wissen und Verstand (und mit katastrophaler Rechtschreibung).

Und selbst bei den wenigen, die gegen das Richtige (nämlich das Falsche) protestieren, teilweise seit Jahrzehnten – Hat es irgendwas genützt?

Was noch schreiben?

Ich habe ja schon fast Angst davor, dass sich in der Welt etwas verbessert, weil dann womöglich mein Geschimpfe in den Büchern bis zur Veröffentlichung veraltet ist.

Klar, die Welt soll sich verbessern, aber doch erst nach, genaugenommen *durch* meine Bücher!

Ist man ein gescheiterter Weltverbesserer, wenn sie jemand anders verbessert hat?

Ich sag nur: Endlosschleife unsinniger Fragen.

In Wirklichkeit wird es so sein: Weder mein Buch noch sonst irgendjemand wird diese Welt retten.

Der Kommunismus ist gescheitert, der Kapitalismus wird gewinnen, und zwar gegen den Menschen.

Ich lese schon seit längerer Zeit nicht mehr am nächsten Tag, was ich am Vorabend geschrieben habe. Zum Teil wegen der furchtbaren Schrift, aber noch mehr halt:

Was interessiert mich das?

Ich bin jetzt also beim Geschmack der Masse angekommen: Leon Sersoa? Nö, brauch ich nicht. Nett, aber unnötig.

Wird dadurch mühsamer, für die paar übrig gebliebenen Fans weiterzuschreiben.

Ich muss mal wieder ein paar nicht von mir geschriebene Bücher lesen! Um endlich wieder zu erkennen:

Der erste Potter ist nicht perfekt. Frau Rowling könnte auch heute noch an ihm am feilen. Dann wäre er womöglich perfekt bei der Veröffentlichung, aber ob sie je alle sieben Bücher fertig bekäme? Wohl nicht. Unperfekt, verbesserbar, aber halt genial ...

... naja, und halt veröffentlicht und erfolgreich.

Das Irritierendste bei dem Buch, das ich gerade begonnen habe: Jugendliche schreiben zu wollen. Als wenn ich davon Ahnung hätte.

Als Jugendlicher war ich nicht jugendlich und danach, ohne das nachzuholen, gleich recht erwachsen (auch in der Pubertät, der Ausbildung).

Ich habe Jugend nicht erlebt. Ich schreibe, wie ich mir das Verpasste vorstelle, unsicher, mit Angst vor Lächerlichkeit, ahnend, dass es sowieso jeder anders erlebt, dass es *den* Jugendlichen nicht gibt. Die meisten – auch die selbstsicher Wirkenden – verängstige und unsichere große Kinder sind, die mit ihren plötzlich auftretenden Aggressionen, Bedürfnissen,

Wünschen, Möglichkeiten völlig überfordert sind. Was uns unterscheidet, sind die Mechanismen, mit denen wir dieser für alle gleichen Unsicherheit begegnen.

Gerade das bisher Geschriebene durchgelesen und nun so tun, als hätte ich etwas verstanden.

Schreiben, als hätte die Muse mich geküsst, als wäre Bukowskis Geist, orientierungslos volltrunken wie üblich, aus Versehen in mich gefahren.

Noch lieber wäre mir Audrey Hepburns Geist. Nicht dass ich etwas mit Schauspiel zu tun hätte, aber Seelenverwandtschaft hängt zum Glück nicht an der Berufswahl.

-100-

Was uns an Schrödingers Katze fasziniert:

(Außer, dass es halt eine Katze ist, welche an sich immer faszinieren)

Es ist überall im Leben so:

Ich liebe sie und doch gleichzeitig auch nicht.

Ich bin glücklich und gleichzeitig auch nicht.

Ohne eine Messung von außen werde ich es nie genau wissen. Und vor der Messung bin ich beides auf einmal.

Es kommt auf den Zeitpunkt und auf den Punkt außerhalb an.

Im Vergleich zu manchem Außenpunkt bin ich immer glücklich, von einem anderen Punkt aus gesehen womöglich zur gleichen Zeit nicht und es gibt Zeiten, da bin ich von allen Punkten aus gesehen glücklich. Oder halt eben nicht.

Erwachsene, zumindest deutlich über volljährige Männer, die völlig knülle, aber mit noch klarer Stimme „Atemlos durch die Nacht" fordern und zur Untermauerung diese Zeile immer wieder in andere Lieder reinsingen.

(Den Rest des Liedes wissen sie offensichtlich genau so wenig wie ich.)

Was genau ich zu ihnen sagen wollte, habe ich vergessen, ach ne, gar nie zu Ende denken wollen und das ist mir erfolgreich gelungen.

Deutlich sympathischer:

Eine einsame Seele steht schon seit einer halben Stunde am Spielautomaten, schmeißt alle paar Minuten Kleingeld rein und schaut sehnsüchtig auf die sich drehenden Scheiben, als könnte sich durch die richtige Konstellation der Scheiben wirklich etwas verändern in seinem Leben ... als gäbe es noch Hoffnung.

Zu konzentriertem Schreiben keinerlei Lust, obwohl ich mich doch gerade ähnlich elend fühle wie die Hauptfigur des Romans.

Ob es daran liegt, dass die Realität und deren Aufschreiben zu frustrierend ist momentan oder ob ich einfach so keine Lust habe ... Niemanden interessiert das, auch mich nicht und ich habe nicht mal Lust, darüber nachzudenken, ob das irgendeinen Unterschied macht.

Ich stecke tief in einem erneuten Depressionsschub, aber das ist halt nichts Neues mehr, nur ein erneutes Einbrechen ins Eis, auch diesmal werde ich nicht ertrinken, es wäre also übertrieben zu schreien.

Mit Sicherheit werde ich mich ordentlich erkälten, vielleicht gar an der Lungenentzündung sterben, aber trotzdem wäre jetzt Schreien völlig übertrieben. Mich retten, ans Ufer schwimmen, das muss ich selbst machen.

Beim ersten und vielleicht noch beim zweiten Mal ist es ja einigermaßen interessant, guten Freunden davon zu erzählen, festzustellen, dass auch sie schon mal ins Eis eingebrochen sind, manche einen chronischen Schnupfen davon getragen haben, aber wieso jetzt gerade, wo ich akut eingebrochen bin, irgendwem Bescheid sagen, wofür?

Sie können in dem Moment kaum helfen, stehen am Rand und geben gut Ratschläge, die ich aber schon kenne, strecken Hände aus, die ich aber nicht erreiche oder drücken ihr Mitgefühl aus – das kann immerhin manchmal etwas wärmen.

Es ist nichts Neues, nichts Interessantes mehr, es ist halt Leben, mit dem ich und einige von ihnen ja auch schlecht, eigentlich überhaupt kaum zurechtkommen.

Entweder ich überlebe den Fall, dann halt auch ohne sie, oder nicht und dann hätte es nichts genutzt zu rufen. Sie hätten bloß ein noch schlechteres Gefühl nach meinem Tod, würden sich Vorwürfe machen: Hätte ich helfen können?

Nein.

Dabei wissend, dass ich mich freuen würde, wenn meine Freunde mir jedes Mal Bescheid sagen würden, wenn sie vor dem Einschlafen nicht wissen, ob sie wirklich wieder aufwachen wollen; wenn sie mich um Hilfe rufen würden, wenn sie Angst haben, nicht alleine aus dem Eis zu kommen; wenn sie glauben würden, dass ein gutes Wort eines guten Freundes aus der Ferne etwas helfen würde. All das würde mich immer wieder ehren und freuen.

Warum kann ich das nicht umgekehrt glauben?

Okay, für ein- zweimal habe ich erfahren, dass da gute Freunde in der Not bei mir sind, aber wenn ich dauernd damit komme?

Ich wäre bald nur noch kraftraubend, eine Last.

Wenn überhaupt noch. Eher wie immer bei mir: Ich wäre nach kurzer Zeit uninteressant.

Depression? Das können andere viel spannender und abwechslungsreicher.

Ich interessiere mich doch inzwischen selbst kaum noch für meine Depression. Sie gehört jetzt halt zu mir. Langweilig. Stattdessen beschäftige ich mich lieber wieder mit diesen ungeheuer spannenden alten ungelösten Problemen – zum Beispiel mit der hübschen Frau gegenüber am Tresen ...

Als wäre es nicht gruselig genug, dass locker die Hälfte meines Schreibens nur noch Selbstbeschimpfungen sind, verlieren selbst diese Texte inzwischen jegliche Kraft. Während ich anfangs noch beeindruckend, teils ideenreich, motiviert, vernichtend, aber niveauvoll über mich herzog, blicke ich inzwischen nur noch kurz gelangweilt auf:

Ach, Leons Komplexe schon wieder ... und starre weiter uninteressiert aus dem Fenster. Im Hintergrund höre ich mich schreiben, schimpfen und um Mitleid betteln, irgendwas – Och nö! Schon wieder? Gähn! - mit einer hübschen Frau, die in meine Richtung sah und dort leider, statt ... nur mich ... und: Ich wäre ihr gerne etwas gewesen, etwas Aufbauendes bla, bla, an das sie noch lange bla, bla, bla, bläh.

Nicht mal der Hass auf mich ist noch übriggeblieben. Ich bin keine ernsthafte Verachtung wert.

Kein Gefühl mehr. Nirgends.

Eventuell noch dieses eine Gefühl, geradezu der Boden, auf dem ich seit Jahren stehe:

Enttäuschung. Tiefe, feste, stabile, unkaputtbare Enttäuschung. Der Fels und Grund, auf dem ich mein Leben aufgebaut habe. Ein völlig kaputtes, gescheitertes, aber stabiles Leben.

...

Und wie immer: Schrödingers Leon - Ich weiß nichts. Es könnte auch genau andersherum sein:

Einen kurzen Moment später, an einem anderen Punkt, fühle ich mich mir in meiner Verzweiflung wieder nahe, da ist wieder der Wille, jetzt endlich die entscheidende Phrase zu finden. Die, die den ganzen Mist beschreiben und gleichzeitig auflösen könnte. Als wäre ich ganz nahe dran ...

Doch ahnend: Für den Neuanfang, der danach käme, fehlt mir jegliche Kraft.

Wer bin ich? Beide? Alle?

Ach, Leon, vergiss es!

(Schönes Schlusswort – auch als Buchtitel geeignet.)

-102-

Es ist sehr voll geworden. Viele laute, einige (äußerlich) fröhliche, aufgedrehte Menschen und wenn ich mich umsehe, ist da nur einer, in dem ich mich wiederfinde:

Ein älterer, teils kahler Mann, mit dem Kopf auf den Armen, volltrunken und fest eingeschlafen. Die Bedienung rüttelt seit mehreren Minuten vergeblich an ihm und ich spüre wie seine Gedanken aus meinem Stift auf das Papier fließen:

„Ich schlafe, ich träume, lasst mich! Die Wirklichkeit trifft mich noch früh genug, eigentlich viel zu früh und sie wird mich weiter zerstören. Aber jetzt, hier, volltrunken, kaputt, als Außenseiter, Einzelgänger, Eigenbrötler - jetzt bin ich gerade ganz ich. Das ist zwar nichts Gutes, das ist gescheitert, kaputt, leer, schmerzerfüllt, unfähig jeder Träne, unfähig jeden Hilferufs, aber halt doch ich. Womöglich der einzige der fünfzig Leute hier, der gerade ganz er selbst ist. Auch wenn dieses selbst halt scheiße ist. Sie sind besser dran als ich. Glauben sie. Sie sind halt noch nicht so weit."

Die Königin unter den Verzweiflungen:

Ich halte mich für einen gekonnten Schreiber von Melancholie und Verzweiflung und bin verzweifelt wie selten zuvor und alles was ich hier schaffe ist: Viel Bier trinken, ratlos durch die Haare raufen, meinen Stift böse anstarren, Finger kratzen, eigentlich, dafür müsste ich aber den Stift beiseitelegen und dafür zu verzweifelt.

Ich kann nichts, also ganz viel Unsinniges, wie zum Beispiel einfach weiterschreiben, obwohl schon seit Zeilen klar ist, dass diese Phrase jetzt wiederkommt, die ich schon so oft usw. und nichts Verwertbares mehr, schon gar nicht mehr gekonnte Verzweiflung, in Worten eingefangen, ach, halt in Sätzen, in einem ganzen Text, stattdessen halt nur Worte, Fragmente, die die Verzweiflung nur verächtlich anschaut und grinst:

Damit willst du mich einfangen? Mit einzelnen Stäben willst du mir einen Käfig vorgaukeln? Und dann schaut die Verzweiflung mich mitleidig an und murmelt:

„Gib nicht auf. Du kannst das besser. Ich verzweifle zwar gerade an dir, aber ich gebe die Hoffnung nicht auf, dass du mich eines Tages fängst und wir für immer zusammen leben können ... aber für heute: Tschau!"

(„I'll be back.")

„Papa hat sich im Seniorenwohnheim angemeldet."

Vor Wochen in der Kneipe geschrieben, gestern abgetippt. In Druckbuchstaben wirken diese ganzen Banalitäten, das Tagebuch, das nie gelesen oder gar verwendet werden wird, noch unnützer als aufs Blatt gekritzelt. Da ist wenigstens der Akt des Hinschreibens noch ansatzweise cool, wenigstens so tun als ob, vortäuschen, ein Schriftsteller zu sein.

Schon über eine Stunde hier, etwas Tagebuch anfangs und nun diese paar wertlosen Zeilen - ist Schreiben wirklich meins? Oder habe ich mich nur gefreut, dass ich kurzzeitig etwas konnte, was gelegentlich anderen Freude bereitete?

Erfolgreicher und von hübschen Frauen begehrter Autor würde ich sicherlich gerne sein, aber Schreiben? Macht mir das wirklich Spaß?

Und in mir ein betretenes, leicht verängstigtes Schweigen – „Oh ... Er hat es gemerkt. Werden wir jetzt alle arbeitslos? Geht er nicht mehr mit uns aus?"

Manchmal erkenne ich Wahrheiten, sogar wichtige (wenn ich es denn durchdenken würde), zu denen mir spontan eine Menge, gar eine ganze Geschichte einfällt, dann schiebe ich sie aber doch wieder schnell ins Unterbewusstsein zurück, ahnend:

Manche Erkenntnis reißt womöglich ein Geländer ein, dass sich dann als imaginär herausstellen würde, obwohl es jetzt doch wirklich Halt gibt.

Ich müsste da etwas aufarbeiten, gerade jetzt, wo etwas kaputt ist, aber ich schiebe die Reparatur verzweifelt vor mir her, ahnend, dass es ein Totalschaden ist, dass ich das (was auch immer), dieses Große, dieses Tragende, dieses Inspirierende, nie wieder ans Laufen bekomme. Ich werde womöglich nie wieder fliegen.

Ich wage es noch nicht, mir die Flügel anzusehen. Ich will den Traum behalten, dass ich noch mal von ihr getragen werde oder wenigstens von der Erinnerung an unseren Flug.

Selbst fliegen? Nachsehen, ob ich eigene Flügel habe? Muss das sein? Ich will doch immer wieder nur mit ihr fliegen.

Dabei: Womöglich bräuchte sie jetzt mich, selbst fliegend, sie in die Lüfte heben, tragend, inspirierend, Kraft und Halt gebend und stattdessen sitze ich hier beleidigt mit verschränkten Armen, nur weil sie mich nicht angemessen inspiriert?

Gerade die Notizen zum nächsten Buch durchgelesen. Sie sagen mir nichts. Aussichtslos jetzt zu schreiben, aber halt einer der wenigen Gelegenheiten dazu in diesem Jahr.

Ich habe keinen Hunger, aber es gibt grad etwas zu essen und danach lange nicht.

Die Vergleiche sind kraftlos.

Alles fühlt sich kraftlos an. Oft in der letzten Zeit setzte ich mich an das Klavier und davor sitzend fiel mir auf:

Hier war ich mal Zuhause, aber jetzt: Vergangenheit, Fremde. Einige Stücke noch mit Erinnerungswert.

Aber die Zeit, wo das Klavier und ich irgendwann ein kreatives Team wurden, wo Neues erschaffen wurde, wo ich am Klavier lebte, die sind vorbei.

Ich sitze da und erinnere, ich erschaffe nichts mehr.

Und auch die Erinnerungen - fast komplett ohne Begeisterung. Ich weiß die Erinnerungen (die Frauen, für die die Stücke waren) noch, aber ich ziehe keine Kraft mehr aus ihnen, Ich weiß sie noch als früher grandios und überwältigend und spüre, wenn es hoch kommt, noch einen leichten Hauch.

Das Leben ist vorbei.

„Die Dementoren haben gewonnen." - Wie erschreckend, wie kraftvoll bedrohend war dieser Satz, als er vor ungefähr zwei Jahren auf das Blatt purzelte, in einer Zeit, in der ich mich noch im Schreiben zuhause fühlte. Dabei war er damals noch gar nicht endgültig wahr. Ich kämpfte noch. Da war noch eine Möglichkeit, das Spiel zu drehen. Jetzt ist der Satz einfach nur noch Wahrheit und hat damit jegliche Kraft verloren.

Ich könnte etwas schreiben, womöglich sogar so, dass andere zufrieden wären, aber ich habe keinerlei Motivation. Das hätte nichts mit mir zu tun. Ich bin gerade völlig woanders, ohne ansatzweise sagen zu können, wo ich bin.

-104-

- „Die Gesellschaft anderer Menschen gibt mir ohnehin nichts. Ich sage nie, was ich wirklich denke, nie, was ich wirklich meine, sondern passe mich unweigerlich meinem jeweiligen Gesprächspartner an und tue so, als würde es mich interessieren, was er oder sie erzählt ..."
(Karl Ove Knausgard „Sterben")

- „Wohin gehen wir? Immer nach Haus." (Novalis)

- „Ich denke, also bin ich" (Descartes)

Ich würde mich nicht trauen, zu sagen, dass ich denke.
Denken ist das Beherrschen der Gedanken.

Ich stelle mir jemanden vor, der ein Heer von Gedanken befehligt, sie souverän führt und jederzeit beherrscht.

Große Denker haben ihr Heer so gut trainiert, dass auf jede Frage sofort der Gedanke nach vorne tritt, der die Antwort geben kann und wenn es mehrere sind, dann räuspert sich der Denker innerlich und die Gedanken verbeugen sich demütig und nur der Eine, dem er mit einem gnädigen Lächeln den Segen gibt, tritt hervor.

Denker dirigieren ein großes Orchester und es klingt wohl.

Bei jeder Frage, die mir gestellt wird oder die ich mir stelle, wird in mir ein riesiger Bottich von Gedanken, Erfahrungen, selbstgemachten und vor allem ungefragt geschenkten Meinungen ausgeschüttet und liegt völlig unsortiert vor mir. Keine Chance, in angemessener Zeit den richtigen zu finden, es sei denn durch Zufall.

Ich nehme einen, der mir am wenigsten unpassend erscheint und halte ihn unsicher dem Gegenüber hin.

Da die meisten sowieso nicht an Antworten interessiert sind, fällt es selten auf. Nur ich bleibe völlig unzufrieden zurück und muss den ganzen Bottich wieder einräumen.

So viele kenne ich, die sofort nach einem überraschenden Themenschwenk etwas Geistreiches, offensichtlich Geschliffenes sagen können, ein passendes Zitat parat haben, die sich in dem Thema sofort sicher fühlen.

Ich tappe immer in einem dunklen Raum und brauche lange, bis sich meine Gedanken an die Dunkelheit gewöhnt haben und auch danach sehe ich nur schemenhaft. Es reicht, um zu sprechen, ohne dabei dauernd anzustoßen. Ich falle nicht auf, aber das Zimmer beherrschen, das tun andere.

Denken ist für mich harte Arbeit, immer balancieren über einen Abgrund. Selbst bei Themen, die immer wieder kommen, bei Sachen, bei denen ich eigentlich aus reichem Erfahrungsschatz schöpfen kann. Ich spreche und weiß, was noch kommen soll, aber eine Zwischenfrage, sogar nur ein skeptischer Blick und ich stürze wieder in den Abgrund, in dem ich gefühlsmäßig zuhause bin:

Ich weiß nichts. Wie könnte ich wagen zu denken?

Nein. Nichts mit „Ich denke, also bin ich". Ich weiß ja nicht mal, ob ich bin. Ich wüsste jedenfalls nicht, woran ich das festmachen könnte.

Das, was mich ausmacht, hat nichts mit meinem Körper zu tun, den ich nicht mag. Seele, Geist? Erscheint mir alles so von außen, von anderen geprägt (Geist) und abhängig (Seele), dass ich nicht wüsste, wie ich etwas davon als mich selbst, als unveränderbar ich selbst, bezeichnen könnte.

Vielleicht: Meine Erfahrungen. Ich bin ein Gedächtnis.

Na toll! Dem wüsste ich jetzt noch nicht mal zu widersprechen, aber das will ich gar nicht sein.

Das ja dann auch noch: Einen eigenen Willen habe ich nie besessen, nur einen Antiwillen. Ich wusste nie, was ich wollte; genauer: war mir immer sicher, nichts zu wollen. Es gab halt nur ein paar Dinge, die ich ganz sicher nicht wollte. Da fallen mir insbesondere diverse familiäre Verpflichtungen ein.

Aber selbst dann war ja nie genug Willen in mir, um das, was ich nicht wollte, auch tatsächlich zu vermeiden.

Wenn mein Nichtwollen Schwierigkeiten bereitete – und sei es nur ein enttäuschter Blick meines Vaters - dann wollte ich auf einmal noch mehr nicht, dass es Schwierigkeiten gab und gab nach und tröstete mich notdürftig mit dem kleinen Erfolg, immerhin diesen kleinen Antiwillen durchgesetzt zu haben, auch wenn er eigentlich gegen mich selbst ging.

Es gibt mich nur als Verneinung, als Negierung. Ich glaube, das ist das Gleiche, aber sicher bin ich mir da nicht, wie in allem. Aber das war jetzt doch sowieso schon klar geworden, oder?

Und dann doch: Als ich obigen Satz bei Knausgard las, merkte ich verblüfft: Ich fühlte mich in diesem Satz zuhause. Was halt eine doppelte Verblüffung ist, denn nicht nur ist da plötzlich doch ein Ich, da ist sogar sowas wie ein Gefühl von Zuhause. Der Satz berührte etwas in mir, was schon manchmal berührt wurde. Etwas, was niemand von mir kennt, wo noch niemand reingeredet hat, etwas Eigenes, mein Jodeldiplom.

Okay, dass Unsinn auch irgendwas mit meinem Ich zu tun hat und da insbesondere auch Loriot, das erscheint mir klar, aber ein anderes Thema, als wäre Unsinn Mittel zum Zweck, Überlebenshilfe, für das kleine, auch mir Unbekannte, was da irgendwo in mir, was auch immer das wieder heißen soll, schlummert.

Weniger ein Ich, mehr ein Ausdrucksmittel oder Waffe dieses mir trotzdem Unbekannten und jetzt habe ich den Anfang des Satzes vergessen. Denken halt ...

Jedenfalls: Da ist etwas in mir, was gelegentlich berührt wird, wenn ich etwas finde, wonach ich gar nicht gesucht habe. Doch, gesucht habe ich schon, aber halt eine völlig unkonkrete Suche, als führe ich um die ganze Welt, um ein Haus zu suchen, von dem ich nicht weiß, wo es steht, nicht mal, wie es aussieht, nur halt, dass, wenn ich dort einziehen könnte, da wäre mein Zuhause.

Ich weiß das nicht, aber ich ahne es, an guten Tagen fühle ich es sogar:

„Ich fühle mich suchend." Das wäre mein Descartes. Das ist alles, was ich über mich weiß.

176

Nichts Konkretes suchend, eher die Bereitschaft, zu finden.

Und ... - da ist wieder das Gedächtnis - ich erinnere mich an einige Momente, wo ich berührt wurde, von außen und wo ich mich dadurch gefunden habe.

Gefunden? Kleiner Scherz.

Ich bin noch lange nicht bei mir, habe mich nie fest geortet, kann mich nicht finden, wenn ich mich suche, aber da, da habe ich mich kurz gesehen, in der Ferne, unerreichbar; oder ich flog eine Weile über oder neben mir.

Aber die freudige und überraschende Erkenntnis, dass es mich doch gibt, dass da etwas ist, was zwar offensichtlich nicht hierher gehört, nicht für diese Welt gedacht war, aber halt doch irgendwie ich ist.

Es ist schon ein paar Mal beim Lesen von Büchern passiert, Stiller, überhaupt häufiger bei Frisch, bei Lem, Pessoa, Elke Heidenreich; erstaunlich selten beim selbst Geschriebenen. In Phrasen, die völlig im Gleichklang mit meinem Erleben waren. Am intensivsten aber in der Erinnerung:

Als ich 1984 in Holland das erste Mal bewusst das Meer sah, falsch, nicht das Sehen, obwohl es wunderschön war, auch nicht gefühlt, obwohl die Füße sich vorher nie so wohl gefühlt hatten, wie im warmen Sand dort am Strand. Es war der Moment, als ich die Augen schloss und das Meer rauschen hörte. Dieser unbeschreibliche Sound, den selbst Bose und Canton nie erreichen werden. Da war ich völlig fassungslos, da war ich einen Moment lang rausgehoben aus der auch damals für mich sehr schweren Welt, der erste Moment, in dem ich kurz flog.

Gestern hier an der Mittelmeerküste wieder, nicht mehr so überraschend, aber ähnlich beglückend. Ich wurde berührt und dadurch für mich spürbar.

Dann, in diesen kurzen Augenblicken, das völlig unge-wohnte Gefühl, dass ich das Ich, das da berührt wird, mag, wo-möglich gar liebe; während ich mit dem, was sonst so allge-mein bemerkt und anerkannt als Ich rumläuft, wenig anfangen kann.

Verachtung meiner selbst ist mir kein unbekanntes Gefühl. Aber es gibt da noch einen anderen – den mag ich.

-105-

Und irgendwann im Traum fällt mir auf, dass es ein Traum ist und dass ich später aufwachen werde, manchmal kann ich ab da sogar den Traum ein bisschen steuern.

Und irgendwann im Leben fällt mir auf, dass es nur ein Traum ist, dass wir hier nur in einer Zwischenwelt sind und dass meine wahren Gefühle woanders hingehen.

Als wäre ich nur kurzzeitig irgendwo anders, vielleicht trun-ken in einer Kneipe oder in einer Reha, auf Behandlung in ei-nem Irrenhaus, jedenfalls halt nicht da, wo ich eigentlich hin-gehöre und da, wo jemand auf mich wartet, den ich gerade nicht benennen kann, aber den ich nie vergessen konnte, der meine Bestimmung ist und an den/die mich halt meine Muse am meis-ten erinnert.

Die Bedienung heute, leider nicht die schwarzhaarige, (und noch viel leiderer: nicht Cidira) ist überfordert, obwohl ich fast der einzige Gast bin.

(Oder halt unterfordert, weil ich fast der einzige Gast bin.)

Natürlich ist das einer der Hauptgründe, warum ich in Knei-pen schreibe. Weil ich immer Cidira hinter dem Tresen sehe.

(Das ist dann das fast Lästige an hervorragenden Bedienungen wie der Schwarzhaarigen – Sie ist so gut, dass sie mir kaum Gelegenheit gibt, Cidira zu vermissen.)

Heute jedenfalls:

Das Glas ist halbvoll, sagt der Optimist. Halbleer erwidert der Pessimist. Was mich interessiert:

Wie die Flüssigkeit im Glas schmeckt!

Ein Wasserglas kann von mir aus auch ganz leer sein, bei meinem Bierglas hingegen ...

Ach Cidira, mein Glas war immer halbleer für dich und du hast angefangen, ein neues für mich zu zapfen, während ein genauso gefülltes eigenes Glas halbvoll für dich war.

Es hat nicht immer etwas mit Optimismus und Pessimismus zu tun, manchmal auch mit Nehmen und Geben, mit Mögen und Lieben, mit Kundschaft und Freundschaft, mit wunderbarer gebender und nehmender Freundschaft.

-106-

Schon immer war Fliegen mein bester Traum. Als Kind habe ich fast jede Nacht geträumt, ich könnte fliegen. Selten als reiner Genuss, hoch und erhaben über einer schönen Landschaft schwebend, meistens aus Notwehr:

Ich war ein normal der Schwerkraft unterworfener nichtfliegender Mensch, wurde von bösen Menschen (manchmal richtig böse, lebensbedrohlich, oft auch einfach nur nervende Verwandtschaft) verfolgt und kurz bevor sie mich einholen konnten durchleuchtete mich die Erkenntnis, dass es einen Ausweg gibt:

Ich breitete die Arme aus. Anfangs musste ich sehr wild mit den Armen schlagen, um in die Lüfte zu kommen, aber wenn ich dann etwas Abstand zur Erde hatte, die Flucht geglückt war, ließ die Schwerkraft nach. Ich spürte den Aufwind und ich konnte mit ruhig ausgebreiteten Armen durch die Lüfte segeln. Die existentiellen Ängste, der oft sehr lange, fast unerträgliche Traum von vorher war innerhalb kürzester Zeit vergessen, nein, nicht vergessen, aber völlig unwesentlich. Sorgen und Ängste waren, von oben aus betrachtet, nur noch sehr klein und unbedeutend.

Ich weiß nicht, wie viele Jahre, eher Jahrzehnte ich nicht mehr vom Fliegen geträumt habe.

Zu lang.

Heute Nacht wurde ich nicht verfolgt, es war niemand da außer mir, der diesen holprigen dunklen Weg ging.

Schwerkraft, sehr ausgeprägte Schwerkraft machte es mühsam, die Füße zu heben, ein kräftiger, böiger Wind kam meistens von vorne. Mein Ziel, wenn ich denn eins hatte, war nicht zu sehen und in einem Moment der tiefsten Verzweiflung blieb ich stehen, breitete die Arme aus, um theatralisch (wenn auch aus tiefstem Herzen, doch theatralisch im Sinne von: als wenn es wichtig wäre, als wenn es jemand interessieren würde, als wenn es jemand hören würde) meine Verzweiflung herauszuschreien, doch als ich es spürte, vergaß ich zu schreien:

Da war Wind unter meinen Armen, der mich schwanken ließ. Eine Böe hätte mich fast von den Füßen gerissen und dann war sie da, die Erinnerung und mit ihr die Erkenntnis:

Ich drehte mich um, den Wind jetzt im Rücken, breitete wieder die Arme aus ...

Okay, es benötigte dann doch noch viel wildes und anstrengendes Laufen und mit den Armen Schlagen, bis ich richtig abhob, aber dann ging es erstaunlich schnell und einfach, sogar einfacher als früher und wie ich dort souverän und voller Glück durch die Lüfte schwebte, über den Weg, der von hier oben viel heller aussah, neben dem Blumen wuchsen, die ich vorher nicht gesehen hatte, kam die zweite und völlig neue Erkenntnis:

Als Kind war es mir vorgekommen, als hätte ich beim Fliegen die Schwerkraft besiegt. Vielleicht war es damals auch so gewesen und deswegen jetzt dieses noch leichtere Fliegen.

Auch hier oben spüre ich deutlich die Schwerkraft, aber sie ist nicht mehr ein Gegner, den es zu überwinden gilt, sie ist der Freund, die Kraft, die dabei hilft, von den böigen Aufwinden nicht weggetragen zu werden. Sie ist die Grundlage meines Fliegens, der Anker, das Zuhause, zu dem ich zurückkehren kann, wenn ich genug geflogen bin.

Und mit dem verklärten Blick des Fliegenden spürte ich eine tiefe Dankbarkeit für die letzten Jahre der Schwermut.

Als wäre dieses jahrelange intensive, schmerzhafte und frustrierende Spüren der furchtbar schweren Gravitation nur eine Vorbereitung gewesen auf ein besseres Fliegen.

Epilog

Nachdem die Bedienung mich mehrere Wochen mit Warsteiner und Krombacher gequält hatte, brach sie eines Abends in schallendes Gelächter aus:

„Ich denke, das ist jetzt wirklich ausreichend Fegefeuer gewesen. Tut mir leid, es war echt furchtbar, ich weiß. Aber was dich nun erwartet, Leon, sollte dich mehr als entschädigen. Komm mit! Hier ist der Eingang zu deinem richtigen Himmel."

Ich komme, nach einem langen Weg durch einen spärlich beleuchteten, kalten Gang, an eine Tür und als ich sie öffne, stehe ich in einer gemütlichen und wohltemperierten Kneipe. Unzählige Kerzen auf Tischen und Weinfässern, Musik von *Mark Knopfler* und ein angenehmer Hauch von ätherischen Ölen in der Luft.

Ich gehe auf einen Tresen aus dunklem Holz zu, hinter dem mich Cidira anlächelt und auf dem ein frisch gefülltes Glas Cointreau steht.

Bevor ich trinken kann, umarmt sie mich lang und warm.

Sie hat für sich auch ein Gläschen fertig und wir genießen zusammen, kein Wort sagend und doch so viel mehr verstehend als damals auf der Erde.

Mehr Himmel brauche ich nicht, denke ich gerade, doch:

Nach dem letzten Schluck strahlt Cidira mich an und weist zu einem Tisch in einer Ecke der Kneipe. Ich wage nicht zu glauben, was ich sehe.

Eine der Damen dort erhebt sich und kommt auf mich zu. Ja, es ist wirklich Elke Heidenreich!

„Hallo Leon! Schön, dass du endlich auch hier bist! Wir haben gerade über dich gesprochen. Dein letztes Buch hat uns alle umgehauen. Meine Güte! Ernest, Kurt, Fernando selbst Charles – alle finden, dass sie nie so ein Buch geschrieben haben! Wir sind unglaublich gespannt darauf, dich kennenzulernen. Und ich weiß auch, dass Simone und Jane wild von dir geträumt haben ... ich bin ja sowieso leicht entflammbar, wie du weißt. Du bist unser aller Held. Würdest du uns die Ehre erweisen und dich zu uns setzen?"

Und ich will mich gerade kneifen und eigentlich will ich mich auch nicht kneifen, weil ich ja nicht will, dass dieser Traum endet, aber dann stupst mich Cidira an und lächelt:

„Das ist kein Traum – das ist dein Himmel. Besser geht's nicht, oder? Geh zu ihnen! Ich komme gleich mit den Getränken nach."

„Setzt du dich zu mir, Cidira? Bitte! Wenn ich jemals vor Glück platze, dann wollte ich schon immer den Augenblick mit dir erleben!"

„Natürlich."

Elke hakt mich ein und führt mich Richtung Tisch, an dem ich nun auch noch Max Frisch, Stanislaw Lem, Imre Török, Michelle Krabinz, J.K. Rowling und Chinz erkenne. Ich werfe noch ein Blick zu Cidira, die mir zuzwinkert, während sie die Gläser füllt.

Ich wäre umgefallen, gestorben, genau in diesem Augenblick, vor Glück, an Perfektion; doch zum Glück bin ich ja schon tot, so dass ich aufrecht am Tisch ankomme.

Alle stehen auf und schütteln mir die Hand. Jane, Kurt, Imre und Fernando umarmen mich sogar kurz, Michelle deutlich länger.

Erst jetzt bemerke ich einen weiteren Tisch, von dem u.a. Heinrich Böll, Friedrich Dürrenmatt, Astrid Lindgren, Enid Blyton, Erich Kästner, Oscar Wilde, Virginia Woolf, Zoë Beck,

Mark Twain und Leoni Swann winken. Da muss ich gleich auch noch hin!

Im Halbdunkel erahne ich dahinter mindestens noch zwei weitere Tische.

Cidira verteilt Getränke und setzt sich neben mich.

Ein perfekter Augenblick.

Aber im Himmel gibt es noch eine Steigerungsform zu perfekt: Nach dem ersten Glas und einem unterhaltsamen Gespräch mit Zsuza Bánk stößt mich Cidira an:

„Eigentlich wollte ich dir die anderen Räume erst später zeigen, aber ich halte es nicht mehr aus. Den hier musst du sofort sehen. Es ist mein Lieblingsraum!"

Cidira führt mich durch eine Tür in einen großen Saal. Kurz denke ich: Hier ist es mir zu voll, bis ich die erste Person erkenne:

Luna Lovegood?

Luna Lovegood!

Meine Beine versagen den Dienst, fast wäre ich umgefallen, doch James schiebt rechtzeitig einen Stuhl hinter mich und ich sitze und schaue mich um:

Der ganze Saal ist voll mit den angenehmsten Figuren aus unseren Büchern.

Claire und Wölfchen necken sich wie immer, Hendrik Groen ist mit Evche zusammen, Valentin mit Ilona und Petzi mit Ursula.

Fred und George basteln an einer Feuerwerkshochzeitstorte für Britta und Nico.

Am Klavier spielt Ted Coffee, Kira neben ihm auf dem Hocker, ihren Kopf an ihn gelehnt, dahinter liegt Teddy auf dem Boden, Mittens, die in seinem Fell eingekringelt liegt, wird von Ronja der Räubertochter gekrault.

Hermine fachsimpelt mit Frau Tietze über Handtaschen und Kekse, Emma und Dexter trinken mit Moning und Karin Wein, Romulus der Große teilt ein Ei mit Ijon Tichy.

Lautes Lachen draußen vor dem Fenster: Drei Männer bauen, fröhlich torkelnd, einen Schneemann namens Kasimir.

Auf der grünen Wiese daneben sitzt der kleine Prinz mit seinem Fuchs zusammen, neben sich seine Rose unter Glas, das die Blume vor den fröhlich grasenden Schafen von Glenkill und zwei Dinosaurierinnen schützt.

Im Zimmer hier bringt Dietrich Ingbert Carl Kronstein Aja und Pippi Langstrumpf das Bauchreden bei und Lupin sieht fasziniert zu, wie Johanna mit einer Flamme aus ihrer Hand die Kerzen auf dem Tisch anzündet.

Ich sitze immer sprachloser – ja, ich weiß, auf der Erde gibt es zu diesem Wort keine Steigerungsform, aber in meinem Himmel: unendlich viel mehr, größere, unglaublichere Sprachlosigkeiten! - auf dem Stuhl und James reicht mir ein Glas Glendronach.

„Sprachlos?" James zwinkert mir zu. „Das ist doch eigentlich mein Metier." Lady Kira hinter ihm bricht in schallendes Gelächter aus.

Auch zu traumhaft gibt es hier unfassbar viele Steigerungsformen!

... und nebenan ihre Schöpfer ...

Ewigkeit - mit diesen allen hier - kaum ausreichend lang.

Cidira nimmt meine Hand und führte mich zurück in die Kneipe.

„Du hast noch alle Ewigkeit für diesen und die anderen Räume. Die Philosophen sind manchmal etwas anstrengend und langatmig, aber bei den Musikern und Schauspielern merkst du kaum wie die Zeit vergeht. Ach, sie vergeht hier ja sowieso nicht. Ich muss mich auch erst noch dran gewöhnen. Hilfst du mir bei der nächsten Runde? Ich weiß doch, wie gerne du einigen ein Getränk hinstellen möchtest."

Viele Getränke und unzählige unglaubliche Gespräche später platzt die Frage aus Charles Bukowski heraus, die ihn wohl schon lange bewegte:

„Wie hast du es geschafft, dein letztes Buch so perfekt zu schreiben? Was hast du getrunken?"

Ich schaue Cidira neben mir an und Bukowski seufzt:

„Du hattest wieder mal Recht, Chinz. Aber du musst zugeben: Er trinkt auch sehr viel, es hätte auch ... ach, was solls?" Bukowski drückt ihm einen Zwanziger in die Hand.

Sie prosten sich zu und trinken ihr Glas in einem Zug aus.

„Ich habe es dir schon so oft gesagt, Charles: Es ist immer die Muse."